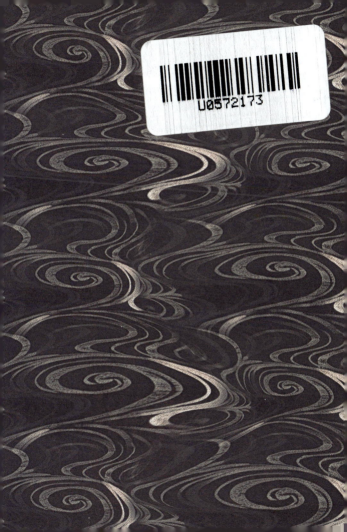

半七捕物帐

笔铺之女

はんしち

とりものちょう

はんしち

とりものちょう

[日] 冈本绮堂 著

陈雅婷 译

北京联合出版公司

图书在版编目（CIP）数据

笔铺之女 /（日）冈本绮堂著；陈雅婷译 . -- 北京：
北京联合出版公司，2024. 9. --（半七捕物帐）.
ISBN 978-7-5596-7726-6

Ⅰ . Ⅰ313.45

中国国家版本馆 CIP 数据核字第 20249JQ022 号

半七捕物帐：笔铺之女

作　　者：[日] 冈本绮堂

译　　者：陈雅婷

出 品 人：赵红仕

责任编辑：夏应鹏

封面设计：吴黛君

北京联合出版公司出版
（北京市西城区德外大街83号楼9层 100088）
北京新华先锋出版科技有限公司发行
大厂回族自治县德诚印务有限公司印刷　新华书店经销
字数1284千字　787毫米×1092毫米　1/64　47.25印张
2024年9月第1版　2024年9月第1次印刷
ISBN 978-7-5596-7726-6

定价：298.00元（全十册）

目　录

01

怨女夜梦津国屋

一

那是一个秋日黄昏，远处传来题目太鼓[1]的鼓声。虽是平时听惯的打击乐，可侧耳倾听，又隐隐感到寂寥。

"《七偏人》[2]里讲百物语[3]的时候，大概就是在这样一个夜晚吧。"我说。

"是啊。"半七老人笑道，"当然，那只是虚构的故事，不过以前确实有人玩'百物语'。毕竟鬼故事在江户时代很流行，不管是戏剧还是草

---

[1] 题目太鼓：日莲宗僧侣诵经时所用的太鼓，歌舞伎、盂兰盆舞等民俗艺术中也会使用。

[2]《七偏人》：梅亭金鹅著、梅之本莺斋画的一本滑稽小说，描写了七个江户游手好闲之人悠闲嬉闹玩乐的日常生活。

[3] 百物语：日本传统的鬼故事大会形式之一，据说讲完 100 个鬼故事后，真正的鬼怪就会出现。

双纸，里头总会出现鬼怪。"

"您的行当里应该也有不少鬼故事吧？"

"那可不。但我们遇见的一般都不是真的鬼怪，总是查着查着就揭露了诡计，伤脑筋啊。我好像还没和你说过津国屋的事吧？"

"没有。是鬼故事？"

"是鬼故事。"老人一本正经地点点头，"而且就发生在赤坂。不过那件事不是我直接处理的，而是桐畑[1]一个叫常吉的年轻人负责。我曾受他父亲幸右卫门的关照，所以才在幕后帮忙，因此可能遗漏些细节。这案子很复杂，乍一听很像是捏造的，但的确是事实，你就抱着这种想法，姑且一听吧。说是往事，其实也就发生在三四十年前，只不过那时的世道与今日完全不同，时不时会发生些在现代人看来匪夷所思的事情。"

弘化四年（1847）六月中旬的一个傍晚，赤

---

[1] 桐畑：赤坂地区溜池南岸区域，因江户时期此处为了保护地基而种植有大量梧桐树而得名。

坂里传马町的常磐津节女师傅文字春去堀内 [1] 上香回来，拖着疲乏的步子回到了四谷的大木门 [2]。从赤坂到堀内其实还有其他近道，但因是一介女子独自赶路，文字春选择了繁华的大街道。盛夏的日头毒辣，文字春在信乐茶馆里稍微歇息了一阵，以她女人的脚力，进入江户时已是傍晚六刻半（晚上七时）。夏季的日头虽然长，但此刻也已完全下了山。

沐浴着甲州街道的沙尘，文字春一边擦着脖子上黏腻的汗水，一边在四谷的大街上急匆匆地往回赶。忽然，她回头看向跟在自己身后的一个十六七岁的小姑娘。

"姑娘，你要去哪儿？"

这姑娘已如影子一般跟在文字春身旁好一会

---

[1] 堀内：地名。位于今东京都杉井区。地理位置在旧江户西边。

[2] 大木门：江户时代设置在街道尽头处的简易关卡，用于管理人员和物品的出入。四谷的大木门在甲州街道上，位于旧江户的四谷盐丁三丁目附近，亦即今东京都新宿区四谷四丁目的十字路口上。

儿，时而走在她前头，时而跟在她后头。由于天色已晚，文字春只能囫囵看个大概，就着路边铺子里的灯光粗略一瞅，对方应是个脸色苍白、身形瘦削的姑娘，绾着岛田髻[1]，身穿染了瞿麦花纹的白底浴衣。

这本没什么奇怪，只是这姑娘一直形影不离地跟着文字春，惹得后者有些心烦。可文字春又想，这年轻姑娘许是独自赶路觉得寂寞，便有意无意地跟在了某个人后头而已，因此一开始并没有介意，只是这姑娘跟得实在太紧，最终还是让她感到不适，甚至心里有些发毛。

然而对方是个纤弱的小姑娘，总不会是小偷或扒手。文字春今年二十六，个头在女人里也算高的，万一这姑娘真的不是善茬儿，冷不防加害于她，她自认为也不会落于下风。因此，文字春没有感到害怕或恐惧，只是奇怪她为何要跟在自

---

[1] 岛田髻：日本旧时流行的一种女性发型，多为年轻女性或艺伎、游女（娼妓）等职业的女性所梳，已成为日本文化的代表特色之一。

己后头。然而时间一久，她心里越来越没底，甚至不再觉得这姑娘是小偷或扒手，而是开始怀疑她会不会是什么鬼怪了。会不会是什么妖怪缠上自己了？难道她是死神、过路妖魔，抑或狐妖狸妖？如此一想，文字春突然起了鸡皮疙瘩。她再也无法强装镇定，悄悄合上挂着念珠的手，开始一边虔诚念经一边赶路。平安穿过大木门，进入江户之后，她的胆子又大了一些。此刻虽已是家家户户掌灯时分，但毕竟是热闹的盛夏傍晚，路旁的商家也都开着门张罗生意。来到这里，她才下定决心，壮着胆子与姑娘搭话了。姑娘则有些怯生生地低声答道：

"是。我去赤坂方向……"

"赤坂的哪儿？"

"里传马町……"

文字春又吃了一惊。本来的话，目的地如此一致，两人在路上正好能搭个伴，但此时，她委实无法往这边想，而是惊恐地怀疑这姑娘为何知道自己的去处。她环顾四周，接着又问姑娘：

“你去里传马町找哪户人家？”

“一家叫津国屋的酒铺……”

“那你是打哪儿来的？”

“八王子[1]那边……”

“这样啊。”

答是这么答了，可文字春心里越发感到奇怪。八王子与江户赤坂的距离虽不算远，但在那个时代还是要走好长一段路的。此外，从外表打量，这姑娘根本没做什么长途跋涉的准备：没戴斗笠，没拿行李，甚至穿的也不是草鞋；浴衣下摆也没扎起，脚上穿的似乎是双麻布里子的草履。一个年轻女子以如此家常的姿态从八王子跑来江户——这让文字春无法感到信服。但自己已经搭话了，总不能掉头就跑。就算跑了，对方估计也会紧跟在后。迫不得已，文字春只能壮着胆子，继续与这可疑的姑娘边聊边走。

---

[1] 八王子：今东京都多摩地区西南部的八王子市，亦位于旧江户西方。

"津国屋有你认识的人？"

"是。有我要去见的人。"

"见谁呢？"

"一个叫阿雪的人……"

阿雪是津国屋的掌上明珠，经常来文字春家练习弹唱常磐津。一听说这可疑的姑娘要去找自己的弟子，文字春更加担心了。阿雪今年十七，是町里出了名的标致姑娘，而且津国屋家大业大，铺主夫妇也很喜欢文娱技艺，因此对于师傅来说，阿雪是个不可多得的弟子。文字春莫名担心自己心爱的弟子会出事，便开始对姑娘刨根问底。

"你认识阿雪小姐？"

"不认识。"姑娘轻声答道。

"你没见过她？"

"没有。和她姐姐倒是见过……"

文字春心里发怵，因为阿雪的姐姐阿清在十年前就患急病死了，她怎么会认识阿清？文字春不得不继续追问下去。

"过世的阿清小姐是你朋友？"

姑娘沉默不语。

"你叫什么名字？"

姑娘还是低头不语。谈话间，天色已完全暗了下来，店前的凉台上也传来了热闹的笑声。即便如此，文字春还是觉得背后毛毛的，怎么也无法消除对这个奇怪姑娘的怀疑。她默不作声地往前走，然后偷偷用余光一瞥，发现姑娘的岛田髻已散得不成样子，脸颊苍白，杂乱的鬓发在风中翻飞。文字春想起了图画上的幽灵，终于还是觉得阴森可怖。即使是在闹市当中，与这样一个姑娘同路而行也不会觉得有多舒适。

走到四谷大街的尽头之后，不得不穿过黑暗冷清的护城河畔。文字春怀揣着无法言喻的忐忑，走出灯火通明的四谷大街，右转拐入阴暗的护城河畔。姑娘果然还是低着头跟了过来。就在文字春走过松平佐渡守 [1] 的府邸，快走到邻近的马场

---

[1] 松平佐渡守：广濑藩藩主松平氏，石高三万石，佐渡守为其官名。公元 1847 年在位的应该是广濑藩第八代藩主松平直宽，官至从四位下官内大辅。

时，姑娘突然神不知鬼不觉地消失在了黑暗中。文字春吓了一跳，四下张望，却怎么也找不见姑娘的身影。唤了几声，也没有回应。文字春寒毛直竖，鸡皮疙瘩起了一身。她不敢继续前进，跌跌撞撞地逃回了明亮的四谷大街上。

"喂，师傅。怎么了？"

文字春定睛一看，原是同町的木匠兼吉。

"啊，木匠头儿！"

"怎么回事？这气喘吁吁的。碰上有人调戏你了？"

"不，这倒不是……"文字春上气不接下气地回答，"您要回町内？"

"可不。去朋友家下将棋，一不留神天就黑了。师傅，你往哪儿去？"

"我也要回家。求您了，能和我一起走吗？"

兼吉虽已年过五十，但他是男人，又是个工匠，此时有他同行再合适不过。文字春松了口气，与兼吉一起拐入幽暗的护城河畔。在经过马场前时，她还是如同领口进了水一般缩起了身子。兼吉注意到她的怪异举动，觉得其中必有蹊跷，于是边走边打听原因。文字春轻声对他坦白了一切。

"我打一开始就觉得心里发怵，明明人家也没对我怎么样，可我就是无法安心……结果，她居然在半道上突然消失了。我脑子一片空白，拼命逃回了四谷，正不知该如何是好时，恰好碰上了头儿您，这才感觉捡回了一条命。"

"这确实有点奇怪。"兼吉也在夜色中压低了嗓音，"师傅，你说那个姑娘十六七岁，绾着岛田髻？"

"对。虽然没看仔细，但皮肤很白，相貌也不错。"

"她去津国屋做什么？"

"说是要见阿雪小姐……还说这次是头回拜见阿雪小姐，但和她死去的姐姐见过面。"

"嗯，这可不妙。"兼吉叹了口气，"她又来了。"

文字春吓了一跳，紧紧抓住了兼吉的手，颤颤巍巍地问：

"头儿，您认识那个姑娘？"

"嗯。真可怜，阿雪小姐怕是活不长喽。"

文字春已然说不出话。她依旧抓着兼吉的手，战战兢兢地被他拖着前行。

二

直到兼吉把她安全送到家门口，文字春才逐渐回魂。为表谢意，她邀请兼吉进屋喝杯茶再走。她与一个小女佣同住，进门后立刻让小女佣出去买些点心回来。兼吉不好拒绝，就进了屋。文字春拿了团扇为兼吉扇风，说：

"今晚真是多亏了您。就算去拜了佛也还是靠不住，难道是我的罪孽太重？话说回来，最让我想不通的是……那位姑娘去津国屋，到底是要做什么呢？"

她特意让兼吉进屋，其实就是想打听这个貌似有些恐怖的秘密。一开始，兼吉含糊其词，不肯直言，可毕竟是自己说漏了嘴才被文字春抓住了话柄，所以最后还是不得不和盘托出。

"虽然不该道主顾家里的长短，但我看师傅

您的年龄比我小了一半，大概不知道这事。那个姑娘说自己叫什么了吗？"

"没有。我问了，但她不回答。这不是很怪吗？"

"嗯。很怪。我猜那姑娘叫阿安，应该已经死在八王子了。"

文字春吓得全身僵硬，跪坐着向前膝行一步，说：

"对，对。她说自己是从八王子那边来的。她真死在八王子了？"

"听说是跳井死了，但因为年代久远，已辨不了真假。不知是跳井还是上吊，总之是死于非命。"

"这——"文字春脸色煞白，"她为什么自尽？"

"津国屋一直瞒着这事，我们也就佯装不知。可你今晚既碰上了那姑娘，也就不能说与这事毫无关联了。"

"哎呀，头儿，您真讨厌！我和她可真没有

任何关联啊！"

"唉。反正你和那姑娘一道来的，也不能说毫无因缘，所以我才悄悄说给你听，但你可千万别外传。这要是让津国屋知道了，我可能要失去一个大主顾。明白了？"

文字春默默点头。

"事情久远，我知道得也不是很详细。听我老爹说，津国屋一家大约是三代以前来的江户，当时在下谷的津国屋酒铺里做工。三代前的家主是个吃苦耐劳的人，请了'津国屋'的铺号，到这町内又开了家铺子。接下来他们时运亨通，本家津国屋倒了，他们家的生意倒是日渐红火，往后传到了第二代、第三代。这一代家主夫妇膝下一直没有孩子，可主人已过三十岁，不早日抱养个孩子可不成。于是他们就从八王子的远亲那儿抱了个叫阿安的女孩，哎呀，那时候可真疼爱得紧。没承想，阿安十岁的时候，本以为今生已无子女缘的老板娘竟大了肚子，生下个女儿。她就是阿清。津国屋夫妇也想将养女阿安视如己出，可为人父母的，免不了更疼爱亲生女儿，这是人之常情。于是养女就成了累赘。话虽如此，他们也要顾及世间的评说，也得对养女的亲生父母讲情面，因此也无可奈何。只打算之后让阿清继承家业，养女阿安则招婿分家。这样的话，夫妻俩又舍不得钱了。另立门户要花费大量金钱，如此一来，养女自然更是碍眼……然而世间有那么多双眼看着，他们无法明目张胆地做什么，表面上还是对养女一视同仁。接着，第二个女儿也呱呱坠地，就是现在的阿雪。这下可好，有了两个亲生女儿，那养女岂不成了眼中钉、肉中刺？"

"唉，谁说不是呢。"文字春也叹了口气，"如果当初抱的是男孩也罢了，至少可以和女儿成亲，可三个都是女孩就没办法了。"

"所以他们才犯难。本来只要说明实情，把养女送回八王子的老家去就好，可津国屋好似有无法这么做的苦衷。终于，到了养女阿安十七岁的时候，他们把她赶了出去，并且不是单纯赶她回家，而是借口她与修葺屋顶的工匠有染，将她扫地出门了。"

"难道不是真的？"

"应该不是真的。"兼吉摇了摇头，"那个工匠叫阿竹，年纪很轻，长得一般，还喝酒，爱赌博，是个彻头彻尾的二流子。阿安是个实诚孩子，怎么会偏偏看上这么个浑小子？然而，津国屋还是以此为由把阿安赶了出去，让她身无分文地回了老家。他们背地里应该也刻薄地对待过养女吧，只是大伙儿不知道而已。阿安是个聪明孩子，大抵已经猜到了养父母的心思，所以最后被扫地出门时她感到非常委屈，曾找关系好的老嬷嬷哭诉，说自己是养女，既然养父母有了亲生女儿，不想要自己也是没办法的事。即便如此，把自己赶出家门也就罢了，竟还要给自己安上淫乱的罪名，未免做得太绝。如此一来，自己无颜面对老家的父母兄弟和乡里乡亲，今后一定要报仇雪恨。"

"唉，真可怜。"文字春听后也湿了眼眶，"之后呢？"

"听说她回了八王子，不久就死了。我刚刚说了，不知是投井还是上吊，但死时肯定怀着对津国屋的怨恨。抛开阿安不谈，那个工匠阿竹被人污蔑竟也一声不吭，众人对此也感到奇怪。结果大概两个月后，他在夏季的大热天里爬上屋顶干活，不知怎的突然倒栽葱摔下来，竟然撞破头死了。这下大家又议论纷纷，说阿竹这个浑蛋肯定是收了津国屋的钱才和他们串通一气，故意不吭声的。他此次无端横死必是阿安的亡魂来复仇了。"

"太可怕了。人在做天在看哪！"文字春叹了口气。

"总之，阿安姑娘死了，阿竹那小子也跟着死了，此事本应就此了结。没想到，之后又发生了一件怪事。那是在十年前，我永远都忘不了……这事师傅你应该也知道，津国屋的亲生女儿阿清姑娘患上怪病死了。本来吧，若这只是个人的命数，那也无可奈何，巧就巧在阿清正好死在十七岁上，和当年阿安死时的年纪一模一样。阿安是十七岁死的，阿清也是十七岁没的，这就有点奇怪了。大家明面上没说什么，可知道阿安一事的都在背后议论。此外还有件怪事，就是阿清姑娘死前，也发生过你今晚遇到的事。"

"头儿……"

"不，我不是在吓你。"兼吉故意笑了起来，"其实啊，津国屋的长女患病两三日前的一个晚上，有个邻居出门后，在町内的拐角处遇上了一个姑娘。那姑娘身穿瞿麦花纹的浴衣……"

"您别说了，我明白了。"文字春似乎已吓得无法动弹，一只手撑着榻榻米，两眼发直。

"不，我快说完了。听说那邻居怎么看都觉得那姑娘就是津国屋的养女阿安，不禁出声呼唤，结果那姑娘忽然消失了。这事我早就听过，只是觉得他们在胡说八道，没当回事。可今天听师傅你那么一说，才发现那可能并非信口胡言。这是阿安姑娘又接人来了，你想，津国屋的阿雪姑娘今年正好十七。"

这时，厨房突然传来咔嗒一声。文字春吓得又是一惊。原来是出门买点心的小女佣终于回来了。

三

那晚，文字春横竖睡不踏实。一有睡意就梦见一个身穿瞿麦花纹浴衣的年轻姑娘在蚊帐外往里窥视，霎时便惊醒，再加上天气炎热，一夜间，汗水竟然湿透了她的枕纸[1]。第二天早晨，文字春觉得头晕胸闷，吃早餐都没胃口。虽然糊弄小女佣说自己可能是昨日长途跋涉中了暑，心里却藏着无法言喻的恐惧。她在佛龛上供了香，心中暗暗为阿安祈祷冥福。

附近的姑娘们照常来文字春家练习，津国屋的阿雪也来了。见阿雪没事，文字春暂时松了口气。可一想到她背后也许跟了阿安无形的影子，文字春在面对阿雪时还是没来由地感到一阵毛骨

---

[1] 枕纸：就寝时垫在枕头上用来防污的纸。

悚然。练习完毕后，阿雪如此对文字春说：

"师傅，昨晚我家发生了件怪事。"

文字春心里咯噔一下。

"大约五刻半（晚上九时）的时候吧，"阿雪说，"我坐在店前的长凳上乘凉，有个穿白底浴衣的姑娘——年纪正好和我差不多——站在我家门前，时不时往里张望，好像有什么事。我正觉得奇怪时，铺子里的长太郎也注意到了，就过去问她有何贵干，结果她一声不吭地走了。过了一会儿，有个陌生的轿夫来我家讨要抬轿费。我们就说他是不是搞错了，家里没人租过轿。轿夫矢口否认，说他确实从四谷见附[1]抬了个姑娘过来。那姑娘在町内拐角下轿，让他来津国屋要钱，他才过来的。我们说什么，他都不听。"

"之后怎么样了……"

"可我们真的完全不知情啊。"阿雪有些愤愤

---

[1] 四谷见附：江户城三十六见附之一。见附即为拥有哨所的城门，门内侧的哨所内有士兵日夜执勤警戒。

不平地说，"接着掌柜也从账房里出来，问轿夫那个姑娘长什么样。轿夫说，那姑娘大约十七八岁，穿着瞿麦花纹的浴衣。如此说来，应该就是刚才往铺里张望的那个姑娘。肯定是那姑娘随口胡说，想以此赖掉轿子钱。我们正争论着，阿爹也从里屋出来了，说就算是那姑娘扯谎，被她指了津国屋的招牌也是我们倒霉。阿爹说不忍让轿夫承担损失，于是就付了钱，轿夫也高高兴兴地回去了。之后阿爹什么也没说，回了里屋。后来铺里的人就议论说，现在的小姑娘真是不简单，坐了轿却想赖账，这要是放着不管，以后说不定会干出诈骗或仙人跳的坏事……"

"确实啊。"

文字春表面上若无其事地附和着，其实已无法正视阿雪的脸。岂止诈骗或仙人跳，那姑娘的真实身份可比这恐怖多了，当然，阿雪并不知情，铺里的众人也不知情。但津国屋的主人二话不说付了轿子钱，大概是心里有底了吧。原来阿安的阴魂在护城河畔与自己分别后，竟又坐着轿子来了津国屋。看着不知真相地讲述这事的阿雪，文字春总觉得有个穿着瞿麦花纹浴衣的影子如怨鬼一般紧随在她背后。思及此，文字春一方面觉得毛骨悚然，一方面也觉得阿雪可怜。

抛开利益私心，单从师徒情分考虑，一想到相识已久的漂亮弟子可能要被死灵附身杀害，文字春就感到心痛万分。然而此事非比寻常，她无法贸然出言提醒。万一传进阿雪父母的耳朵里，后者跑来质问身为教习师傅的自己为何胡言乱语，自己可无法公开辩解。此外，若是贸然警告阿雪，惹来死灵的怨恨，那可就不得了了。考虑良多之后，文字春不得不继续闭口不言，对阿雪见死不救。

一直被此类不祥之事困扰，再加上昨夜未能安眠，文字春终于感到身体支撑不住了，取消了午后的练习，之后便一直燃着佛前的供灯，向平日信奉的菩萨祈祷，希望昨晚同行的阿安能够瞑目，希望阿雪和自己能平安消灾。那天晚上，文字春依旧未能安睡。

第二天也是一大早就很热。阿雪照例来练习，这让文字春暂时放宽了心。之后接连两三天平安无事，文字春心头的恐惧也渐渐消散，到了夜里头一次安然入眠。然而一想到身穿瞿麦花纹浴衣的阿安亡灵是与自己一道来的，文字春还是非常警惕，觉得当下还不能大意。到了第五天，阿雪来练习时又说了一件不祥的事情：

"昨天傍晚，阿娘意外受伤了。"

"怎么回事？"文字春又是一惊。

"昨天傍晚，大概六刻（傍晚六时）过后，阿娘上二楼拿东西，爬到顶上第二级时突然一脚踩空，头朝下摔了下来……还好没撞到头，只是左脚有些扭伤。我们立刻叫了大夫，阿娘从昨晚一直躺到了现在。"

"扭伤了脚……"

"大夫说伤得不重，可阿娘说骨头一跳一跳地疼，今早也没能起身。这活平时一直是女佣做的，昨天她不知怎的，偏偏自己上了二楼，结果就出了这种意外。"

"真是飞来横祸。我也该找机会去探望探望老板娘，你回去先替我问候她一声。"

眼看阿安作祟已渐渐成为现实，文字春吓得胆战心惊。或许是错觉，但她觉得阿雪的脸色有些苍白，归家的背影也单薄得像一张纸。然而，毕竟已知道了津国屋老板娘受伤的事，她不能装聋作哑，因此虽不情愿，她还是在那天午后去附近买了盒最中[1]，去津国屋探病。津国屋的老板娘阿藤依旧躺着，说脚上的疼痛已比今早好了许多。

"您忙着教授常磐津，还特地来看我，真是谢谢您了。想不到竟遭了这样的灾难。"阿藤皱着眉头说，"我只是去二楼收晾干的衣服。平时都是女佣做的，可是那女佣也受了伤，去井边打水时，竟提着水桶滑倒了，擦破膝盖跛了脚，所以我才代她上二楼收衣服，结果又成了这样。现在这宅子里有两个跛脚的女人了，真伤

---

[1] 最中：一种用面皮包裹馅料制成的和风糕点。

脑筋。"

　　看来死灵作祟的范围已经扩大，文字春感到更加恐怖。她不敢在此久留，草草问候了几句就逃了出来。来到明亮的大道上，她终于松了口气，然而定睛一看，发现津国屋的大屋顶上赫然站着一只大乌鸦[1]，一动不动，似乎在暗示着什么。文字春赶忙回了家。乌鸦盯着她匆忙回家的背影，尖锐地啼叫了一声。

　　在那之后，津国屋的老板娘又在床上躺了十多天，还是无法自由走动。在这期间，文字春又听说了一件古怪的事：津国屋铺子里的年轻伙计去附近的武士家里办事时，屋顶上掉下一块瓦片，重重打在他的右边眉毛处，把他整只右眼都打肿了。听说这伙计叫长太郎，正是之前阿雪所讲的轿子一事中，和站在铺子前的瞿麦花纹浴衣女子搭话的那个男人。这不正是幽灵作祟的范围扩大，给津国屋一家主仆都带来了灾难吗？也许不只津

---

　　[1] 日本人视乌鸦为凶兆。

国屋，连自己也要遭殃。想到此，文字春害怕得要命。

她开始每日去附近的圆通寺烧香。

四

　　津国屋老板娘阿藤的伤迟迟不见好，脚上依旧疼痛，若是继续恶化，青肿起来可就不好办了。听说浅草的马道有个有名的接骨郎中，于是阿藤便每天坐轿从赤坂出发去马道治伤。

　　旧历七月初，虽已是秋季，但秋老虎还是很凶猛。找那位郎中看病的人很多，稍微去迟一点就得在门口等到地老天荒，因此阿藤每次都在清晨趁天还未变热之际出发。今早阿藤也是刚过晨六刻（早上六时）就出了津国屋，上轿时不经意抬眼一看，发现一个和尚正站在自家门前，对着铺子念念有词。由于这阵子家里频频遭灾，阿藤心里也莫名有些在意，故而没能直接无视那位僧人。她驻足凝视，送她出来的小学徒勇吉也没吱声，只是有些讶异地望着。

和尚年龄四十岁上下，看上去是个普通的托钵僧。托钵僧站在铺前——这并不罕见，只是附近从没见过这个出家人。不知道是不是错觉，阿藤总觉得他的样子与普通僧人不同，于是便靠着轿子遥望了一阵。最终，和尚转身离开。在他经过轿子时，阿藤听见他嘴里咕哝着：

　　"这是凶宅啊。南无阿弥陀佛，南无阿弥陀佛。"

　　"啊，这位师傅。"她不由得出声叫住了和尚，"请问，这家宅子有何凶相？"

　　"有死灵作祟。真可怜，这家人也许要绝后。"

　　和尚留下这句话就飘然走了。阿藤吓得脸色铁青，瘸着脚跑进铺子里，将此事告诉丈夫次郎兵卫。次郎兵卫也皱起了眉头，随即转念一想，笑了出来：

　　"这些和尚动不动就说这些话，肯定是从哪儿听说这宅子里频频有人受伤，就想以此做文章吓唬人，骗些驱邪费吧。都什么年代了，怎么可能上这种当？你且看着，他明天一定会回来说同样的话。"

"是吗……"

丈夫说得也有道理，阿藤半信半疑地坐上了轿子。在前往浅草的途中，她的脑海中依旧不时浮现出那个和尚的身影，一路上都在怀疑事实的真伪，但来回浅草的途中并未发生什么奇怪的事。第二天早晨，那个和尚却没再来津国屋，这让阿藤心中不安。若那僧人真是来吓唬人骗取驱邪费的，不可能吓了人就不再出现。既然他没再来，那他当时说的应该就是真实的预言。阿藤觉得他也许并非丈夫口中靠行骗吃饭的卑鄙秃驴，便叮嘱铺里的人每天注意，然而那个和尚再也没有出现。

虽然给铺里人下了严厉的封口令，但小学徒巳之助去町内的澡堂时不经意说漏了嘴，此事转瞬便在邻里间传开，也传进了文字春的耳朵。这段时间，她本就心神不定，听了这传闻后更是怕得要命。某天在路上碰见木匠兼吉时，她便问道：

"木匠头儿，难道真没什么法子吗？因为阿

安作祟，津国屋没准很快就会倒闭吧？"

"伤脑筋哪！"

兼吉皱着眉头说。虽然坐视老主顾遭难有些冷酷无情，但这件事非同一般，当下实在无从解决。他还劝文字春说，不如她去把自己曾和阿安的幽灵一道赶路的事情告诉津国屋。文字春听了直打哆嗦，使劲摇头，害怕自己要是贸然开口，说不定连自己也要被幽灵缠上。

如此，她不仅担心津国屋的命运，也惶恐自身的安危，连看见每天来练习的阿雪都觉得心里发毛，总害怕她身后跟着阿安的亡灵。不久，町内的女澡堂里又传出了新的风声。

津国屋里有个女佣叫阿松，今年二十岁。某天夜里将近四刻（晚上十时），她从澡堂回去，正在昏暗的横巷里走着，有个年轻女人突然如幻影般出现，对擦身而过的阿安说：

"快辞职吧，津国屋就要倒闭了。"

阿松吓得连忙回头，可女人已然不见了踪影。阿松心下发怵，上气不接下气地逃回了津国屋。

可这种事又不能和主人说，她就悄悄透露给了一起工作的阿米，阿米又说给了铺里的其他人，去女澡堂时还说了附近的邻居。一来二去，此事又在町内传得沸沸扬扬。

不管在什么时代，世人传播流言时都喜欢添油加醋，再加上这个时代的人比较迷信，对这种禁忌的话题绝不会听过就忘。于是，流言传遍大街小巷，津国屋有死灵作祟的事不仅在澡堂、理发铺越传越凶，甚至连正经的商家铺子也在私底下议论。

第二天就是草市[1]，阿雪如往常一样来文字春家练习，见眼下正好没有其他弟子，她就凑近师傅小声说：

"师傅，您也听说了吧？那个说我家有死灵作祟的谣言……"

文字春不知该如何回答，迟疑一阵后还是觉

---

[1] 草市：7 月 12 日夜晚至 13 日早晨开设的，专门贩卖盂兰盆节期间供奉于佛前的花草、饰品的集市，亦称盆市、花市。

得无法坦言，只得佯装不知：

"是吗……还有人传这种事？真不像话。怎么回事？"

"大家都在传，我阿爹阿娘也知道了。阿娘还苦着一张脸说，自己的脚伤可能好不了了。"

"为什么这么说？"文字春小心翼翼地问道。

"不知道。"阿雪也沉下了脸，"阿爹和阿娘听了谣言后心里都很烦恼，说快到盂兰盆节了，被人传这种谣言着实心里不舒服。不知道是谁先传开的，但我真的很在意，还说什么津国屋前每晚都有女鬼站着，简直胡说八道，就算知道是谣言也会觉得害怕呀。"

文字春觉得阿雪可怜极了，因为她什么都不知道。正因为她不知情，才能如此平静地说这些话。文字春真想打开天窗说亮话，让她小心提防着点，但总也没有勇气说出口，依旧草草糊弄了过去。

过了盂兰盆节，阿雪来师傅家时又语出惊人："师傅，我阿爹突然说要退休出家，被阿娘和掌柜阻止才暂时打消了念头。"

"出家……"文字春吃了一惊，"老爷竟说要出家，究竟出了什么事？"

原来，十二日早晨，阿雪家菩提寺的住持来津国屋。诵完棚经后，住持问家里最近是否有亲人去世。在这当口上突然问这种事情，津国屋的夫妇二人吃了一惊，都说最近没听说有亲人过世。住持听完便露出疑惑的表情不作声了，似乎这里面有什么隐情。夫妻俩连连追问，住持才说自己最近连续三天夜里都看见津国屋的家族墓前 [1] 有年轻女子伫立，身形如烟雾一般朦胧。住持说这是自己亲眼所见，还说虽看不太清女子所穿衣物，但隐约是白色布料上染了瞿麦花纹。

夫妻俩一口咬定没印象，给了住持相当数

---

[1] 江户时期，幕府为了管制民众的宗教信仰，实行寺请制度和檀家制度，规定每家每户都必须选择一家寺院作为自家的菩提寺，意为代行皈依、供奉祖先牌位之寺。某所归属的菩提寺将独占性地代理该户的一切丧葬法事，管理该户祖先之墓。

量的诵经费，让他回去了。然而在那天傍晚，阿藤的脚开始剧烈疼痛，次郎兵卫也说身体有恙，两人早早地上床睡觉了。当日夜里，夫妻接连发出痛苦的呻吟，惊动了全家。第二天，虽然阿藤的脚痛减轻了，次郎兵卫还是说身体不适，连饭也没怎么吃，上午躺在床上睡睡醒醒，午后则去了寺里。当天晚上，众人在门口燃起迎魂火[1] 时，只有主人没有露面。

十五日烧完送魂火[2] 后，次郎兵卫突然叫来掌柜和妻子，说自己想立刻退休。妻子自不必说，掌柜金兵卫也吓了一跳，问主人为何有此想法，可次郎兵卫不肯细说。两人猜测，应该是他十三日午后去寺里烧香后，与住持商量了什么之后得出的结果。金兵卫坚决反对主人退休，妻子阿藤

---

[1] 迎魂火：指在迎接客人、神灵时燃起的火。虽在迎神、婚礼、葬礼上也会使用，但一般指在盂兰盆节时为了迎接祖先灵魂而燃起的野火。

[2] 送魂火：盂兰盆节上，为了欢送归家的祖先灵魂回到彼世而燃起的火。

也始终不同意，认为就算他要退休，也得先等女儿找个门当户对的女婿，见上长孙一面之后再退。争论期间，妻子和掌柜又得知次郎兵卫并非只想退休，而是决定在退休的同时出家为僧。两人又吃一惊，声泪俱下地苦苦劝了一个时辰，好不容易才动摇了他的决心。

"你父亲会那么说也情有可原，可是，若他立刻出家，这津国屋的铺子不知会变成什么样。"第二天早晨，阿藤悄悄对女儿阿雪说。

听阿雪转述完，文字春也在心里默默点头，她大抵已猜到津国屋的主人想剃度出家的原因，应该是菩提寺的住持为他开示了因果报应，要他立刻发心出家，以解开阿安阴魂的恨意吧。虽然妻子和掌柜如此反对也是理所当然，但站在次郎兵卫的角度来看，与其眼睁睁看着铺子因阴魂作祟而倒闭，不如让阿雪找个门当户对的夫婿，自己退居二线更为安全无虞。然而，这些话又不好贸然说出口，文字春只能无言地听着阿雪诉说。

五

又过了五六日，津国屋的女佣阿米也受了惊吓，甚至时辰与上回阿松遇到奇怪女人一事如出一辙，地点也是在町内澡堂回到津国屋的途中。当晚淅淅沥沥地下着雨，阿米撑着油纸伞匆匆赶回铺子，没想到途中一个趔趄，弄断了木屐带。在这昏暗的路边也没法做什么，于是阿米就脱下坏掉的木屐，准备赤脚走回铺子。这时，油纸伞下的阴影中突然浮现出一个年轻女子煞白的脸，低声说：

"津国屋就快倒了。"

阿米知道阿松的事，身上一阵恶寒，不禁惊呼出声，抛下手里的木屐，连脚上的另一只木屐也甩了出去，光着脚逃回了铺里，冲进门就倒地晕了过去。铺里的众人赶紧拿水拿药救治她，终于让她醒转，没想到她当天晚上就发起了高烧，开始说胡话：

"津国屋就快倒了。"

她时不时就会咕哝这句话。店主夫妇自不必说，铺里的人也感到心里发毛，于是就把病人阿米送回了老家。看见送走阿米的轿子出来，附近的邻居又开始风言风语。再这么下去，铺子生意肯定要受影响，简直愁煞了掌柜金兵卫。幸运的是，阿藤的脚伤已好转很多，最近不用再去马道看接骨郎中了。然而，次郎兵卫一副丝毫不在意铺里生意的样子，每天早晚都坐在佛龛前念经。

这些事都经由阿雪之口传进文字春的耳朵，最终她也心中忧郁，觉得津国屋早晚逃不过倒闭一劫。

到了八月，津国屋有阵子没再出什么大事。可到了十二日傍晚，里屋的佛龛起了火，把历代祖宗的牌位和名册都烧得一干二净。由于火情发生时刚刚入夜，众人很快就扑灭了火苗，万幸没有酿成大祸。只不过这火偏偏发生在佛龛，又让家中众人感到心惊肉跳。

"是供灯被火吹倒了。"掌柜金兵卫说。

在这当口上，这事若又传出去可不好，因此金兵卫努力按下此事，可不知又是谁说漏了嘴，街坊邻里很快就听到了风声。女佣阿松已无法再待下去，月底就以父母病重需要人照顾为由，强行辞职了。上个月阿米回了老家，这个月阿松辞职，换雇时节还没到，女佣就全走了，津国屋的厨房里没了人手。附近的牙行也听说了这不吉利的流言，不肯派其他女佣过来。

"最近厨房里都是我和阿娘在忙。"阿雪对文字春说，"可阿娘的脚还没好全，只能我尽量多干一点。现在这时节还好，待天气冷下来就该犯愁了。"

阿雪沮丧地告诉文字春，基于如此原因，她最近无法来练习了。练习暂且不提，生养在大商号里的阿雪如今每天要在厨房里洗涮干活，一定很辛苦吧。文字春心酸地望着这个不幸的年轻姑娘，此时，阿雪又说：

"阿爹之前说想退休出家，当时虽然打消了念头，这会儿又闹着说自己在家已待不下去，没办法，只好答应让他去广德寺前的菩提寺暂住一阵。阿娘和掌柜虽已竭力劝说，可阿爹说什么都不听，一点办法也没有。"

"不是要剃度吧？"

"虽然说不是要剃度，但目前打算住到寺里，然后趁其他师父有空时，请他们为他讲经。因为他油盐不进，阿娘好像已经放弃了。"

"或许先去寺里暂住一段，冷静一下更好。"文字春安慰道，"这样对你家也许更好些。只不过，这样一来，之后生意上就得靠你阿娘和掌柜撑着了，账房有掌柜坐镇应该没问题。"

"真的，要不是有金兵卫在，我家肯定已是穷途末路，毕竟剩下的都是些年轻伙计。"

掌柜金兵卫十一岁便来津国屋做工，二十五年间勤勤恳恳，今年已三十六了，还未娶妻，一直忠心耿耿地守着账房。除他之外，津国屋还有源藏、长太郎、重四郎等三个伙计和勇吉、巳之助、利七等三个小学徒，再加上铺主夫妇和阿雪，一家上下总共十口。这十口人的饭食都仰仗两个女佣来准备，本就已有些忙不过来，结果现在女佣悉数辞职，光靠阿雪和老板娘二人要管这么多人的饭着实不易。想到其中的辛劳，文字春觉得阿雪万般可怜，却也不能进她家帮衬。天气渐冷，文字春眼睁睁看着阿雪肤白柔嫩的手指因为干活而皲裂，也无可奈何。

"那些学徒应该会帮忙吧？"

"嗯。只有勇吉很勤快。"阿雪说，"其他的学徒一点也指望不上。一有空就跑出去逗狗……"

"原来如此，阿勇很勤快啊。"

勇吉是金兵卫的远亲，也是十一岁就来津国屋做工。虽然才来了六年，但块头很大，干活也利索，在铺里干活之余还会去内宅帮忙。年轻伙计中，则数长太郎最勤快。他今年十九岁，之前被坠下的瓦片砸伤，他用白布简单地缠住头脸，当天依然如往常一样在店里干活，这事文字春是知道的。

过了两天，津国屋的主人出发去了下谷广德寺前的菩提寺。明面上，津国屋声称主人是去寺里厢房暂住，可附近的人又开始议论纷纷，说什么津国屋的主人终究是当了和尚，什么他发疯了之类的谣言，各凭想象传着这些风言风语。

过了九月上旬，每日早晚已有了凉意。文字春教完上午的课，打算中午出门参加神明祭，正在换衣服时，忽然听见厨房后门有人求见。小女佣出去一看，只见一个年近五十的女人微微鞠躬行了一礼。

"请问，师傅在家吗？"

家里不大，声音很快就传进了屋。文字春立刻扎好腰带走了过去。

"您就是师傅吧？"女人再次行礼，"首次见面便有事相求实在冒昧，我听说，您和这边的津国屋很熟？"

"这个嘛，我与津国屋确实相熟。"

"我听说那铺子现在正愁找不到女佣……我家住青山，想找个地方工作，正好听见了这传闻。

如果津国屋不嫌弃，我愿意过去干活……可我不想经牙行之手，直接去津国屋自荐又有些奇怪，所以才斗胆来这里，想请师傅您帮我去和津国屋说一说……"

"啊，是这样啊。"

文字春稍加思忖。天气越来越冷，津国屋急着找帮佣，这她是知道的。眼前这女人虽然老了些，身子骨看着也不算结实，但如果她能住进津国屋帮佣，应该能解津国屋的燃眉之急。或许阿雪也不用在厨房洗涮了。虽然觉得她的出现可谓雪中送炭，但毕竟是初次见面的人，尚不知她的来历和性情，不可贸然引荐。就在她犹豫时，女人似乎察觉了她的忧虑，语带歉意地说：

"我知道，刚见面就求您这样的事，您或许会觉得我不可信。若他们决定雇用我，我定会详细报上自己的身家来历，绝不会给您添麻烦的。"

"好，那请您在此稍作等候，我姑且过去问一问。"

幸好文字春本就打算出门，已经换好了衣服，于是立刻跑去津国屋，与老板娘说了此事。津国屋也正在为这事头疼，老板娘立刻请文字春把那个女佣带来。

"谢谢师傅，您可帮了我们的大忙。"阿雪再三道谢。

文字春受到众人感谢，觉得自己做了件好事，立刻高高兴兴地回家，将女人带去了津国屋。这女人名叫阿角，虽然年纪稍大，但待人接物、言谈举止都非常娴熟规矩，津国屋当即就决定录用。

六

　　顺利度过三天试用期后，阿角住进了津国屋。阿雪带着点心来文字春家道谢。听说老板娘对新来的阿角非常满意，文字春总算松了口气。

　　阿角也来道谢了。以此事为契机，阿角经常在外出办事时顺道来文字春处露脸。如此平安度过约一个月后，某日，阿角如往常一样来访，与文字春聊了一会儿后便悄悄说：

　　"难为师傅之前鼎力相助，我也很希望能在津国屋长久做下去，但恐怕不能如愿了……"

　　"可老板娘不是很中意你吗？"文字春有些奇怪地问。

　　"老板娘确实很照顾我，阿雪小姐也是个好人，完全无可挑剔，然而……"

　　话到嘴边，她又咽了下去。文字春一再追问，她才说津国屋的老板娘阿藤和掌柜金兵卫有染。虽然金兵卫是个年富力壮的单身汉，可阿藤已经五十多岁了，断不可能做这种不知廉耻的勾当。因此，文字春一开始并未轻信，但阿角说她时常看见两人形迹可疑，还说自己亲眼看见两人鬼鬼祟祟地一同进入仓房或二楼房间。

"这等事，瞒得了一时瞒不了一世啊。"阿角叹了口气，"要是真出了事，大家以为是我从中牵线，我可就摊上大事了。"

照那时的法律来说，帮助主人家的妻子和家臣仆役私通的人是要判死罪的，阿角害怕在津国屋继续做工也是情有可原。阿角的问题只要辞职便能解决，可老板娘和掌柜之间的事若是真的，必定会闹出能使津国屋倒闭的大祸。比起阴魂作祟，现在倒是这桩丑事更为可怖了，文字春又惊得面无血色。

但她无法只听信阿角的一面之词，所以千叮咛万嘱咐，让阿角千万不要将此事说出去，牢牢封了阿角的嘴才让她回去。

文字春虽觉得事情应该不至于如此，心里也难免会有猜疑。虽然阿雪说她阿爹是主动提出要去菩提寺，没准是老板娘和掌柜串通一气，暗中动作把他赶出去了呢？年过五十、平素看似可靠实诚的老板娘竟会鬼迷心窍，说不定也是那不散的阴魂做的好事。

也许阿安这个女人的执念通过各种各样的作祟途径，最终真的会使津国屋土崩瓦解。然而，文字春无法与人言说此事，也无法试探阿雪的口风。

"不管我怎么恳求，老板娘都不肯让我走。"

之后，阿角又来对文字春说。她这阵子几次提出想辞职，可老板娘一直不肯应允。还说如果阿角嫌工钱低，她可以加；年末也会为她置办新衣；自己会尽量照应阿角，希望她能忍耐一下，至少做到明年天气转暖。阿角频频向文字春抱怨，说既然老板娘说到了这份儿上，自己也没法断然拒绝，真的很伤脑筋。阿角想辞职的事似乎是真的，因为阿雪也曾来对文字春说过这事，说她阿娘觉得阿角是个好帮佣，无论如何也得留住她。阿雪似乎不知道其中的内情。

自己介绍的帮佣受欢迎固然好，可若津国屋内真隐藏着那样的秘密，自己作为居中搭桥之人，或许也会受到牵连，这也使文字春越发苦恼。不过，这之后并没发生什么特别的事，时节也平安进入腊月，接连几个大冷天，偶尔会下起大块的冰雹。

"喂，师傅，你起床了吗？"

腊月初四晨间五刻（早上八时）过后，木匠兼吉打开了文字春家的格子门。

"哎呀，木匠头儿，再怎么说我也……你看，都已经给两个弟子上完课了。这不是年末正忙的时节嘛。"

"既然你起得这么早，想必已经知道了吧，津国屋那事……"

"津国屋……怎么了？发生什么事了吗？"文字春将头探过长火盆，仔细询问。

"出大事了，真把人吓一跳。"兼吉也在火盆前坐下，先抽了一管烟。

"老板娘和掌柜在仓房里上吊死了。"

"这……"

"太吓人了，这叫什么事啊？叫人说不出话。"

兼吉在火盆边砰砰敲着烟管，骂骂咧咧地说。文字春吓得面如土色。

"到底是怎么了？难道是殉情？"她悄声问道。

"好像是。虽然没见到遗书，但男女一起寻死八成就是老套的殉情吧。"

"可是，他们年龄也差太多了吧？"

"所以才意外啊。虽然说老主顾的坏话不好，但那老板娘压根不是好东西。之前津国屋把养女阿安赶出去的事，肯定也是老板娘在丈夫耳边吹的风。可能正是因为如此，阿安才出来作祟。总之，现在津国屋乱作一团。一次死了两个人，这火是包不住了。说什么先去下谷把主人接回来啦，要接受差役的检视啦，整个家里乱得一塌糊涂、人仰马翻。不管怎么说也是老主顾，所以我今早就过去帮忙了。但家里只剩女儿和几个伙计，什么事也操持不了，正头疼呢。"

"想想也是啊。"

想到先前阿角的话，文字春也深深叹了口气。

"现场已经检查完了？"

"不，差役老爷们才刚到呢。我嫌麻烦，就跑你这儿来了，等差役们走了我再过去。"

"那我也等一会儿再过去吧。这种状况，说去吊唁也怪怪的，但也不能装不知道。"

"可不。再加上那幽灵还是师傅你带去他们家的呢。"

"您可别说了。"文字春哭了起来，"求求您了，别再说这事了。我怎么就扯上了这种关系。"

过了半个多时辰，兼吉走了。文字春也战战兢兢地走到门口张望，发现附近的邻居也都各自站在自家门口窸窸窣窣地小声议论着。津国屋门前聚了一大群人，都悄悄往铺里张望。今天一大早就是个阴天，天幕低垂，昏暗如凝固的灰烬。

"喂，师傅，这一带有点吵啊。"

听见有人叫自己，文字春回头看去，发现是这一带的捕吏常吉。桐畑的幸右卫门这阵子基本已退居二线，差事都交给儿子常吉处理。常吉是个二十五六岁的年轻男子，外表忠厚老实，长得如人偶一般白嫩，和他的营生毫不相称。人们给他起了个"人偶常"的绰号。

虽然职业不太讨好 [1]，但终归是男人，更何况是貌美如人偶的常吉，文字春不禁微微脸红。她用袖口掩着嘴，有如一个清纯小姑娘与他打招呼：

"头儿，今天真冷啊。"

"可不是嘛，冷也没办法，这不，又出麻烦事了。"

"是啊。差役们都调查完了？"

"老爷们刚走。话说师傅，我有些事想跟你打听打听，随后再来找你。"

"好的。那我等着您。"

---

[1] 捕吏由于需要与坏人坏事甚至死尸打交道，在古代日本被视为"贱业"，良家人不屑于从事，因此社会地位非常低下。

说完，常吉就去了津国屋。文字春赶忙回到屋里换了身衣裳，系好腰带，再往长火盆里添满炭。虽然她惧怕与津国屋一事扯上关系，但也无法拒绝常吉的到访。

七

"师傅，你在吗？"

过了大约一个时辰，常吉走进文字春家的格子门。文字春立刻从长火盆边起身，迫不及待地走出去迎接。

"刚才失礼了。家里有些乱，您别嫌弃，这边请……"

"那我就打扰啦。"

年轻的捕吏脱下草履进入室内，文字春悄声和小女佣耳语了几句，让她去附近的小菜馆叫几个小菜送过来。

"话说，师傅，我也不兜圈子了，有件事想和你打听打听。津国屋的女儿是你的弟子吧？你时常进出津国屋？"

"是。时不时会去……"文字春点头，"所以今天也打算晚点过去一趟。"

"我这么问可能听着有些外行，可对这回的事，你有没有什么线索？我觉得老板娘和掌柜的情死没那么简单，里头应该有蹊跷，不过……我认识掌柜金兵卫，他是个忠仆，绝不会干那种不齿之事。况且他和老板娘的年纪差那么多，几乎能当母子。就算两人一起死了，也不会是情死，必定有其他缘由。可现在津国屋里只有年轻的女儿和伙计，什么都问不出来，伤脑筋啊。师傅，我绝不会给你添麻烦的，若你注意到了什么事，能不能告诉我？"

"这样啊。头儿，你应该也知道吧？关于津国屋的不祥流言……"

"不祥流言……"常吉点点头，"好像说什么那家店要倒闭，是吧？"

"是。具体我也不太清楚，但听说津国屋里有个阿安姑娘的阴魂在作祟……"

"姑娘的阴魂……这倒是头一回听说。那姑娘怎么了？"

见常吉兴致勃勃地竖起了耳朵，文字春自然而然地打开了话匣子，再加上她私心想让常吉立功，于是就把之前从兼吉那儿听来的阿安一事详细地告诉了常吉。接着，她又提心吊胆地低声道出了自己在拜佛归途曾与一个貌似阿安的年轻姑娘同行的事。常吉听得非常上心，尤其对文字春遇见幽灵姑娘的事特别感兴趣。他细细询问了那个姑娘的年龄、长相和衣着打扮，似乎将这些信息都铭记在了心里。

　　"嗯。这真是打听到了好情报。师傅，再次向你道谢，这事我真是一丁点也不知道。"

　　此时菜馆送来了小菜，文字春立刻拿出酒瓶和酒杯。

　　"这怎么好意思，让你这么费心。"常吉似乎是真心实意感到过意不去。

　　"哪里的话，您就喝一口，驱驱寒。虽然没什么好菜，您要是不嫌弃，就尝尝吧。"

　　"那就恭敬不如从命啦。"

　　于是两人相向而坐，小酌起来。这期间，对

于津国屋一事，文字春毫无保留地把自己知道的全说了出来，甚至坦白了女佣阿角就是自己介绍过去的。这一点似乎也引起了常吉的注意，他时不时放下酒杯思索。过了约半个时辰，常吉拒绝了师傅恋恋不舍的挽留，走出了她家。

"身上还有很多公务，实在不能畅饮。我下次再来。"

他包了点钱两，不顾文字春的推辞硬塞给她，然后走了。外头依然时不时下起冰雹。常吉返回津国屋，叫出正在那里帮忙的木匠兼吉，向他确认了阿安一事。接着又叫出女佣阿角，核实了老板娘和掌柜之间的关系。阿角的证言与当初同文字春说的一样，坚称自己确实看见了两人像在幽会的行迹，同时一再辩解自己是新来的，和这件事毫无瓜葛。常吉调查完这些，便去八丁堀汇报，上头的同心们也一致觉得此案是殉情，言辞间透露出此事不必再继续追查的意思。然而在这个时代，主人与仆役私通是大案，因此同心们决定，若有新的线索，就不能大意，必须跟进调查下去。

常吉还未向各位同心报告阿安幽灵一事，只说自己心里还有疑点，想再继续调查一下，然后就回去了。之后，他去神田的三河町拜访了半七，商量了一阵子才回家。

翌日午后，津国屋为老板娘阿藤办丧事。然而，由于她是和掌柜殉情而死，无法公开举行葬礼，只能等日落之后悄悄把棺材抬出去。近邻也都刻意回避，几乎没人去送行。文字春也只是去津国屋吊过丧，并未参加送葬。只有木匠兼吉、两个店伙计，再加一个亲族代表悄悄地跟在棺木后头。没想到大家眼中富而不露的津国屋老板娘，其葬礼竟是如此惨淡。街坊邻里七嘴八舌，都说她是自作自受，并不觉得她可怜。许是觉得无脸见人，津国屋老板次郎兵卫一直躲在内宅，几乎没有露过面，只听说妻子头七一过，他就要回寺里。

老板娘和掌柜同时去世，津国屋只剩年轻的女儿阿雪一人，若老板又回了寺里，那谁来打理铺子？众人议论纷纷，文字春也备感担心，心里害怕地想：津国屋这回真要因死灵作祟而倒闭了吗？

然而，头七过后，次郎兵卫并未离开津国屋。听说他被一件万分意外之事惊吓，葬礼的第二天就病倒了，之后便卧病在床。铺子几乎已休业，家里来了两三个亲戚照顾他。

紧接着到了阿藤头七过后的第三天夜里，文字春去芝的同行家里吊丧回来，经过溜池[1]边时已是五刻（晚上八时）过后了。津国屋的丧事也好，同行家里的丧事也好，最近不祥事总是接连不断，让文字春心里也有些阴郁。本想快点回家，没想到竟花了这么多时间，文字春经过黑暗寂静的溜池边时总觉得心中忐忑。与现在不同，当时山王山[2]山脚的溜池里据说还栖息着水獭。回想

---

[1] 溜池：本指人们为了储水而人工开凿的池塘，此处指旧江户赤坂川边的溜池，原位于今东京都千代田区永田町二丁目东京地铁溜池山王站一带，现已被完全填埋。其南岸即为桐畑地区。

[2] 山王山：位于东京都千代田区永田町二丁目，山上有日枝神社。

起自己曾与女幽灵结伴而行的事，文字春打了个寒战。今夜没有月亮，天空阴沉，好似蒙了层寒霜，池里枯萎的芦草中传来的雁鸣声听起来格外苍凉。文字春紧紧笼着袖子，四下静悄悄的，脚下的木屐声清晰得令人发毛，于是她加快脚步赶路。这时，有人在黑暗中狂奔而来。

文字春躲避不及，与来人撞了个满怀。文字春吃惊地呆立在原地，只听对方非常慌张地说：

"您快跟我来。不好了！"

听声音是位年轻女子，好像是津国屋的阿雪，文字春又是一惊。

"是阿雪吗？"

"啊，师傅！真巧……您快跟我来！"

"到底怎么了？"文字春心惊肉跳地问。

"铺里的长太郎和勇吉……"

"阿长和阿勇……他们怎么了？"

"用厚刃菜刀……"

"打架了？"

由于四下太暗，看不清事物，但阿雪似乎浑

身发抖、气喘吁吁，话也没法儿好好回答，一屁股坐在了师傅脚边。

"振作点。"文字春一边抱起阿雪，一边问，"那两人在哪儿？"

"应该在那边附近……"

然而四周太暗，文字春什么也看不见。她借着水面反射的亮光寻找了一番，但也没看见附近有两个人争执的身影。没办法，她只能大声呼唤了起来：

"喂，阿长、阿勇——你们在哪儿？阿长——阿勇——"

没有回音。黑暗之中，文字春越来越不安，于是拉着阿雪的手拼命跑向有光亮的方向。

八

　　飞速地跑到自家门前，文字春才松了口气。她定睛一看，发现阿雪面无血色，仿佛立刻要再次倒下。于是文字春将她带回家中，找出家里的药和水让她喝下，等她略微镇静之后便问她今晚发生了什么，没想到又是一件出乎意料的事。

　　今晚阿雪离开铺子后，店里的年轻伙计长太郎跟了过来，说自己有话想说，要她跟他去外面聊。阿雪也没多想，就和他一起出去了，没想到长太郎突然拔出短刀指着她的眼睛，威胁她安安静静地跟自己走。对方有刀，阿雪也不敢造次，没能大声呼救。虽然路两旁都有人家，但长太郎恐吓说，如果她出声就会没命。于是阿雪缩着身子，战战兢兢地被带到了溜池边。

　　见四下无人，长太郎就逼迫阿雪嫁给自己。

阿雪闻言大吃一惊，正犹豫该如何回答。这时，长太郎进一步逼迫，说如果她不答应，自己就杀了她抛进池里，再投池自尽，让世人都道他俩是殉情。阿雪吓得半死，拼命求他放过自己，可长太郎怎么也不答应。正在阿雪走投无路之时，店里的学徒阿勇追了过来，扬起手上的厚刃菜刀冷不防就向长太郎砍去。二人分别手持短刀和厚刃菜刀争执了起来。阿雪没有办法，只好拼命跑去喊人救命，由于当时慌不择路，她竟往相反方向跑去，正好撞上了回家的文字春。

听了这些，文字春无法坐视不管，于是立刻去通知了津国屋。津国屋听了此事也大为震惊，两个伙计和两个学徒就提着灯笼跑去了溜池边，最后发现长太郎和勇吉浑身是血地倒在枯萎的芦草中。两人似乎在砍伤对方两三处后就丢掉了手里的刀开始肉搏，并在打斗过程中双双失足跌进池里。两人身上的刀伤较浅，并不致命，只是长太郎运气不好，坠池时脸朝下拍进了淤泥较深处，就此咽了气。勇吉也已气息奄奄，在经过抢救包扎后醒了过来。

文字春将阿雪平安送回津国屋，津国屋众人连连道谢。可文字春更想接受另一个人的感谢，于是又跑去桐畑将此事报告给了常吉。

"死了个人，这事早晚会传进您的耳朵，但我觉得还是让您尽早知道比较好……"

"太好了。"正好在家的常吉立刻走了出来，"多谢你来通知我。那我们直接出发吧。这么一来，这件事大概能解决了。师傅，我改日一定登门致谢。"

如愿以偿地得到了常吉的感谢，文字春心满意足地回了家。她已忘却了阴魂的恐怖，甚至觉得遭它小小作祟一番也无妨，自己也想介入此事做些什么。

常吉立刻去了津国屋，发现勇吉的右手受了两处伤，左肩受了一处伤，但都不严重。即便如此，他还是非常虚弱。常吉一路照拂，将他带到了町内的警备所。

"喂，小伙计，你干了件很了不起的事。你

赌上性命救你家小姐于水火之中，上头也许会褒奖你。不过，你为什么要拿着菜刀去追长太郎？难道看见他把小姐带出去了？"

勇吉虽然虚弱，但回答起来条理清晰。

"是，我看见了。我看见长太郎用刀威胁阿雪小姐，逼迫她去了什么地方，所以才觉得不能空手去追，就到厨房拿了把厚刃菜刀追了出去，一直追到了溜池边。"

"好，这我就明白了，可还有一件事不明白。你看见长太郎威胁小姐之后，为什么不去告诉其他人？你独自提刀追出去，不是很奇怪吗？"

勇吉不说话。

"这里很关键。"常吉告诫道，"你是受褒奖还是成为凶手，全在这一点上，你可要想清楚再回答。"

勇吉依旧不说话。

"那我来帮你说。你与长太郎有私怨吧？你追出去自然是为了帮助阿雪姑娘，除此之外，你也想趁机杀了长太郎，是不是？老实说！"

"非常抱歉。"勇吉坦率地双手撑地。

"是吗？"常吉点点头，"很好，你很老实。那么，你为什么想杀长太郎？你和他有旧怨吗？"

"我总觉得他是仇人……"

"仇人……嗯，我记得你是津国屋掌柜的亲戚吧？"

"是。是金兵卫介绍我进津国屋做工的。"

"金兵卫的仇……难道是长太郎杀了金兵卫？"常吉追问道。

"怎么想都是他杀的。"勇吉抹了把眼泪。

常吉问他有何证据，勇吉说没有确凿证据，但总觉得人就是他杀的，还说金兵卫是自己的亲戚，自己很明白他绝不是会和主人私通的人。勇吉说，早在众人于仓房中发现金兵卫的尸体时，自己就判断他不是主动上吊，肯定是被人勒死后搬到仓房中的，可自己没有证据，无奈只能沉默至今。常吉又问勇吉，津国屋那么多仆众，为何他偏偏只怀疑长太郎？勇吉回答，两人遇害前一天午后，长太郎曾拦着小姐开她的玩笑。由于他太过难缠，言辞也实在猥琐，正在账房的金兵卫听不下去，出来大骂了长太郎一顿。挨骂的长太郎虽然垂头丧气地走了，但他凶神恶煞地瞪了金兵卫一眼，那尖锐的眼神自己至今记忆犹新。

然而光凭这些根本无法呈堂做证，勇吉只好忍气吞声，不料今晚发生了这样的事。可恨的长太郎威胁主人的女儿，企图把她带去别处。十七岁的勇吉忍无可忍，一念之下当即决定干脆杀了长太郎，救出阿雪。

"很好，很好，你都老实招了。"常吉满意地点了点头，"你好好养伤，等我的消息，绝不可冲动。金兵卫的仇敌还有很多，我去帮你一一讨回公道，你在此老实等候。"

"多谢头儿。"勇吉又擦了擦眼泪。

考虑到勇吉的伤，常吉吩咐町里的差役之后再将他小心护送回津国屋，自己则立刻动身返回津国屋，却在经过文字春家门前时，听见里面有女人尖声呼号。常吉即刻停下脚步，此时厨房后门传来一声捧门巨响，一个女人跌跌撞撞地冲出小巷，身后还有一个女人举着某种刃具追赶。常吉立刻跑上前，挡住后面的女人，只见她有如夜叉，当即举刀向他砍去。常吉躲避两三次后，抬手打落女人的刀，大喊道：

"阿角，你被捕了！"

闻言，阿角拼命甩开被常吉抓住的手臂，转头冲回来时的小巷。常吉紧跟其后。不知是无路可逃还是本有此意，只见阿角手撑井口，头朝下直直投入井中。

常吉立刻叫来长屋居民下井捞人，可她已然断气。常吉一开始就知道她是经文字春介绍进入津国屋工作的阿角。据文字春所述，当时有人轻敲自家厨房后门，说是想见师傅。文字春疑惑是谁三更半夜来找自己，穿着睡衣就去开了门，发现来人正是阿角，嘴里嘟嚷着"都怪你多嘴多舌，事情才会败露"，接着就亮出藏着的剃刀猛地砍了过来。文字春吓了一跳，逃到了前面的大道上。

"我已猜到事情大抵是如此，你没受伤真是万幸。"常吉说。

刚死了老板娘和掌柜的津国屋里，这还不到十天，竟又死了长太郎和阿角。只不过众人后来才知晓，这恰好是杀人的偿了命。

九

绞杀了津国屋阿藤的正是女佣阿角，而绞杀金兵卫的，也正如勇吉所料是伙计长太郎。他们趁老板娘和掌柜熟睡之际分头杀死两人，偷偷将尸骸搬进仓房，并伪装成上吊自杀。

津国屋的两个亲戚，在下谷开店的池田屋十右卫门和在浅草开店的大枡[1] 屋弥平次，再加上无户籍的混混熊吉和源助，以及射靶场[2] 的接客女阿兼，这五人被神田的半七和桐畑的常吉逮捕。津国屋所属菩提寺的住持以及无户籍的托钵僧则被寺社奉行逮捕。如此一来，此案算是尘埃落定。

---

[1] 枡：音同"节"。

[2] 射靶场：江户时代开设的用一种叫"杨弓"的小弓进行射靶游戏的场所。在这些射靶场里为客人拾取箭矢的女性多为娼妓。

写到这里，应该也不用再多加解释了。此事是池田屋十右卫门、大桝屋弥平次和菩提寺住持三人听说津国屋殷富，企图霸占津国屋的家产而合谋策划的诡计。对于狠心赶走养女阿安致其死于非命一事，津国屋的主人次郎兵卫心里早就悔恨不迭，尤其在长女阿清与阿安一样，于十七岁时过世之后，次郎兵卫更是耿耿于怀，每每向菩提寺的住持忏悔。而这，便是三人设下此毒计的根源。由于有僧人参与，他们就拿阿安的死灵做文章，企图恫吓津国屋一家。

用今天的眼光看，他们的计策似乎颇为拐弯抹角，但对当时的他们来说，这可能已是他们所能想到的最为巧妙的手段了。首先，他们散布死灵作祟的流言，令人们对津国屋心生畏惧，接着由菩提寺住持出面恐吓次郎兵卫，暗中诱导其退休，并将他诓进自己寺中软禁。如此一来，女儿阿雪便不得不招婿。此时，他们再把池田屋十右卫门的次子硬塞过去，进一步推进计划。然而，单靠两个正经商人和一个寺院僧人有许多不便之处，于是，他们便找了在浅草下谷附近游荡的二流子熊吉和源助入伙。

扮演阿安幽灵的则是浅草一个射靶场的接客女阿兼。阿兼乍一看是个十七八岁的清纯小姑娘，实则是个二十二岁的狡诈女人，经由熊吉介绍成为这群人的同伙。熊吉和源助在津国屋附近徘徊，时刻监视一家人的举动。他们得知阿雪的师傅文字春要去堀内烧香，料定她回来时应该已是日落时分，于是就让阿兼穿好瞿麦花纹浴衣在中途等候，演了一出幽灵戏码。出人意料的是，文字春并没有贸然向世间宣扬此事。于是他们换了招数，找了个可疑的托钵僧站在津国屋门前。阿兼则负责吓唬洗澡回来的女佣们。

费了一番功夫之后，好不容易成功地将次郎兵卫收为人质，没想到老板娘和掌柜竟如此能干，使得他们的计划无法顺利进行。焦急中，他们决定使用更为残酷的手段，于是就让阿兼的婶母阿角住进津国屋，伺机刺杀老板娘和掌柜。然而，让阿角独自杀死二人未免负担太重，他们便又笼络了铺里的伙计长太郎。长太郎素来倾慕主人家的女儿阿雪，因此便以事成之后让他与阿雪成婚为条件，入伙成了同党。接着，阿角先四处宣扬老板娘和掌柜有染，然后与长太郎一道，伺机按照预定计划杀死了老板娘和掌柜，并巧妙地伪装成情死骗过了世间众人，也骗过了仵作。

到这里为止，他们的计划一切顺利。没想到，这秘密似乎让桐畑的常吉知道了，几个人立刻慌乱了起来。常吉从文字春口中了解到详细情况，在与半七商讨之后，决定先查明那个幽灵的真实身份。这时，半七忽然想起了阿兼。阿兼有前科，曾几次利用自己清纯的外表，打扮成小姑娘行窃、诈骗。半七怀疑她就是那个幽灵，便让手下的小卒暗中打探她的近况，得知她几天前曾去浅草的小菜馆与池田屋十右卫门见面。池田屋是津国屋的亲戚。此外，熊吉的赌友也透露他时常去大桝屋借赌资。大桝屋也是津国屋的亲戚。这样一来，整件事就更为可疑了。半七毫不客气地把熊吉抓了起来，然而他嘴巴很硬，迟迟不肯说出秘密。

不管他坦不坦白，一听说同党之一被捕，一伙人立刻慌了神。源助慌忙藏了起来，身在津国屋的阿角和长太郎听说此事后也大吃一惊。阿角通过诱骗文字春家的小女佣，得知似乎是师傅为常吉提供了消息，但胆大包天的她没有声张，而是佯装一切如常。可年轻的长太郎就无法淡定了。他破罐子破摔，壮着胆子恐吓阿雪，将她诱拐至他处，但被勇吉阻挠，自己也呛进溜池的泥水死了。

　　事到如今，阿角也沉不住气了。如果她就此隐匿行踪，兴许还能多活一段时日，可她偏偏怨恨起文字春来。一想到这女人不知说了什么，竟把捕吏拉进家里劝酒玩乐，还泄露了他们的秘密，阿角就气不打一处来。不知是想在逃走之前顺手杀了文字春，还是单纯只想在她脸上划几道口子，总之阿角冲进文字春家算是她运数已尽，最终落得个投井自尽的下场。当然，死人是不会说话的，所以她的真实意图已然无法知晓，只能凭事态发展进行推测。

一众党徒全部供认了自己的罪行。源助虽然藏匿一时，但最终还是在前往千住友人家的途中被捕。主犯池田屋和大桝屋被判死罪，菩提寺住持和阿兼则被流放孤岛，其他同党也被流放到了别的地方。

如此，这个"鬼故事"算是讲完了。顺便一提，该案了结的第二年，桐畑和津国屋成就了两桩姻缘。一是常吉和文字春，二是勇吉和阿雪。常吉二十六岁，文字春二十七岁；勇吉十七岁，阿雪则是十八岁。虽然津国屋方面只是许了婚，正式的婚礼还要再等一年，木匠兼吉却若有所思地说，两对新人都是女方正好年长男方一岁，这里头也许是有某种因缘哪。

"怎么样？挺复杂的吧？"半七老人笑着说，"别嫌我啰唆，刚才也说过，这在现代人眼里，可能是个非常烦琐、拐弯抹角的阴谋，也许会觉得他们非常愚蠢。然而，以前的人真的都是慢性子，那个时代想赚钱也真的很难。听说津之国屋——其实正式名称是'津国屋'，中间没有'之'字的，并且招牌上依旧写作'津国屋'，总叫'津之国屋'，大概是因为比较好读吧[1]——的地皮房产全部加起来值两三千两。那时候的两三千两大概相当于现在的十万日元[2]吧，想通过平常手段侵吞那么大一笔财产几乎是不可能的。一群人费尽心机，就算要花上很长时间，只要能将这两三千两的财产收入囊中，那也算是巨大的成功了。哪像今天，随便建个破烂公司，在报纸上打些冠冕堂皇的广告，就能轻轻松松赚得几十万元呢？这么巧妙的把戏，以前的人是不知道

[1] 津国屋日常读作 \ 写作"津之国屋或津の国屋（tu no ku ni ya）"，正式名称是"津国屋（tu gu ni ya）"。对于日本人来说，中间有个"之"字更好读。

[2] 十万日元：因本书成书于明治年间，因此这里指的是明治年间的十万日元。有资料指出，按照日本的企业物价指数来计算，令和元年（2019）时日本的企业物价指数是明治三十四年（1901）时的 1490 倍，1901 年的 10 万日元大致相当于 2019 年的 1490 万日元，约合 90 万~100 万人民币。但以工资水平进行衡量时，一说当时的 1 日元大约相当于现在的 2 万日元。以上供各位读者参考。

的。为了这区区十万元，他们费尽心机，演了那么大一出戏。这么一想，说不定以前的恶人比现在的善人还单纯呢。啊哈哈哈哈。"

这终究不是真正的鬼故事，我总有一种自己被摆了一道的感觉，只能呆呆地望着老人的笑脸发愣。

02

雪夜畸儿

一

某年正月，未到收起门松的日子 [1]，我就去了赤坂半七老人家。彼时老人正站在格子门前，似在遥望初春街道上的往来人潮。

"呀，欢迎，容我先道一句恭贺新禧。"

我被领进往常的房间，照例道过新年贺词后，熟识的阿嬷端来了食案，上面摆着屠苏酒。我记得这应该是第二次在这里喝屠苏酒庆贺新年了。与如今不同，那个时代鲜有人仅送一张贺卡拜年，因此大街上的行人直至黄昏都络绎不绝，还有狮

[1] 门松放置期间称为"松之内"。传统松之内期间为正月初一至正月十五。如今关西依旧到十五日为止，但关东一般直到七日，在初六傍晚或七日收起门松。

舞锣鼓声和万岁舞[1]鼓声传来，颇有春意。

"这里比麹町[2]那边还热闹呀。"我说。

"是啊。"老人颔首道，"往昔是麹町比赤坂热闹，如今反过来了。不过麹町也好，赤坂也好，往昔都被归为山手[3]一侧，年味比下町[4]淡得多。川柳[5]中也有'量浅之人拜年处，赤坂麹町与四

---

[1] 万岁舞：日本用以庆祝新年的舞蹈，取"千秋万岁"之意，起初仅称"万岁"。及至江户时代，传来关东的万岁舞因出自三河国（今爱知县东部），故称"三河万岁"；传至京都的万岁舞因出自大和国（今奈良县），故称"大和万岁"。万岁舞者起初头戴折乌帽子，身穿素袍，后世则发展为头戴风折乌帽子，身穿大纹直垂礼服，手打腰鼓，口咏贺词，载歌载舞行进。

[2] 麹町：江户城半藏门至四谷见附道路沿线的长条形区域，位于今东京都千代田区新宿大道沿线。

[3] 山手：与"下町"相对，本指地势较高的区域。江户时代前期，江户城一带及其西侧地势较高的区域被开发为幕府臣僚的居住地，因此江户时代的山手区域为武士住宅区。

[4] 下町：与"山手"相对，指江户市中地势较低的区域，代表地域为日本桥、京桥、神田、下谷、浅草、本所、深川，江户时代为平民住宅区。

[5] 川柳：日文定型诗的一种，与俳句一样也为5-7-5三句十七音，但以口语为主，没有季语、助动词的限制，比较自由，多用于表达心情或讽刺时事。

谷’之类的诗句，意思就是酒量好的人都在下町喝到酩酊大醉了，而不喝酒的人因为不会醉，只好老老实实去四谷、赤坂和麹町拜年。换句话说，大家都认为，一开春就去麹町、赤坂这些地方拜年的都是些庸俗无趣之人。唯独万岁舞，来山手演出的都是上等艺人。这边武家宅邸多，故而会有艺人来表演所谓的‘屋敷[1]万岁’。明治维新以后因艺人的主顾宅邸逐渐减少，万岁舞也就一年不比一年，往后或许只能在画上见到了。”

“每家宅邸都有自己的万岁舞艺人吗？”我问。

“对。屋敷万岁都有各自的主顾宅邸，绝不会进入其他宅邸或民家。他们会在江户逗留几日，逐一拜访过自己的主顾宅邸后便会径直回乡。那种一家家去民家转悠的‘町万岁’也被蔑称为‘乞食万岁’。正因如此，山手一带的万岁舞最为上等。哎呀，关于这万岁舞，我倒想起了一桩事。”

---

[1] 日文中“屋敷”意为“宅邸”，此处因涉及专有名称，故而保持日本原有的汉字写法。

"怎样的事？"

"不，也不是你需要正襟危坐洗耳恭听的大事件……是哪一年来着？不是文久三年（1863）便是元治元年（1864），应该是十二月二十七日的寒冷早晨，一名男子倒在了神田桥御门[1]外，也就是如今的镰仓河岸[2]一带。男子二十五六岁，乡下人打扮，怀中还抱着一个女婴。这就是故事的开端。"

男子已经咽气了。他怀中的婴儿在死人怀里熬过了腊月年节的一夜狂风后，嗓子已哭得喑哑，发不出声了，万幸还活着。由于事情就发生在家门口，半七没等办案的差役到场便已赶到现场。死者身上没有任何可疑伤痕，怀里的婴儿也

---

[1] 神田桥御门：江户三十六见附之一，江户城外层护城河上的城门之一，位置在现东京都千代田区日本桥川上的神田桥附近。

[2] 镰仓河岸：神田桥御门外神田桥东侧的一段河岸。因修筑江户城时，自镰仓运来的石材都在此处卸货上岸（一说是在此处工作的工匠多为镰仓出身）而得名。

安然无恙。让半七吃惊的是，那婴儿竟长着两颗尖锐的獠牙。这婴儿大约才两三月大，其上腭却已左右各生了一颗牙齿，也便是俗话所说的"鬼儿"。男子怀抱鬼儿倒毙大街——这其中似有什么隐情。逐一走访附近居民后得知，昨天半夜，曾有人见过一个疑似此人的男子叫住路过的夜鹰荞麦[1]摊贩，买了温酒喝。根据这些证言，半七猜测，男子兴许是喝了大量温酒抵御严寒，却醉得不省人事，最终冻死街头。男子身上只有棉布钱袋中装了几个小钱，除此之外没带任何足以成为线索的物件。半七瞧见他右手心的鼓茧，判断他大约是个才藏[2]。万岁[3]也好，才藏也好，若只

---

[1] 夜鹰荞麦：挑着挂有风铃的货摊，沿着江户大街小巷贩卖荞麦面的流动摊贩被称为"夜鹰荞麦"，来源据说是因为夜鹰（即站街女）喜欢吃这种荞麦面。

[2] 才藏：表演三河万岁时一般两人一组，其中一人称为"太夫"，头戴折乌帽子，身着直垂礼服（或素袍），负责唱曲叙事；另一人称为"才藏"，头戴大黑头巾，身穿阔裆束腿的裁付袴，负责击鼓伴奏，以滑稽的动作逗乐观众。

[3] 此处用"万岁"称呼"太夫"了，本文后续也多有此例，应该是当时的习俗。

是喝醉了冻死路边，那也不需要深入追查，径直移交给町差役便可。问题在于，他怀中婴儿的来历无法查知。他乡才藏为何怀抱婴儿，于寒夜徘徊江户街头？半七想不通其中缘由。尤其那婴儿还长了两颗奇怪的牙齿，更是加深了疑虑。

过了一阵，町奉行所派出的当值差役赶来，仵作也到场验尸，结果死者身上并无疑点，死因最终还是归结为醉酒冻毙路旁，但经手差役也不知死者怀中鬼儿的身份，于是半七被传唤到八丁堀同心菅谷弥兵卫府上。

"如何，半七？你认为今晨倒在路上的是何人？从他抱着畸儿的事实来看，莫非是江湖艺人？"弥兵卫说。

"不清楚，但他手心坚硬，我猜可能是才藏……"

"嗯，倒也不是不可能，他若是江湖艺人，怀抱畸儿这点便合情合理。而他若是砰砰敲鼓的才藏，这事不就说不通了？"

"您所言极是。"半七思忖道，"但恕我冒昧，正是这种'说不通'之处才有趣，不是吗？总之再追查看看吧。"

"大过年的本就忙碌，委屈你了。虽不是什么好年礼，你就当是几个鲑鱼头，多少是点油水，你就接了这案子吧。"

"遵命。"

半七应下差事离开八丁堀，却有些不知该从何入手。若要在岁暮的大江户走街串巷寻找万岁和才藏，目标实在太多，决计找不过来。能否想个法子快速找出死者身份？半七边想边走在岁末忙碌的大街上，信步来到本乡一带，恰好在桥头遇上一个二十四五岁的男子。

"哟，头儿，您早。"

原来是小卒龟吉。他本是豆腐铺的儿子，天天吃喝玩乐懒散度日，最后投靠了半七手下，同伴们都喊他"豆腐龟"。

"喂，豆腐龟，巧了，我正有事想找你帮忙呢……有人倒毙在镰仓河岸，这事你知道吧？"

"知道，我刚去您家时听大嫂详细说了。那

倒毙者怀里抱着的畸儿着实可疑呀！"

"就是想查这个。我眼下的想法是一个才藏抱着畸儿倒毙路边，可不管怎么看，这都太怪了吧？"

"谁说不是呢……若是放着不管，或许还会被同行奚落取笑。"

"说得是。"

桥头闲谈之下，两人便议定策略，由龟吉与同为小卒的善八分头行事。龟吉往畸人展览方向追查，善八则混迹在万岁艺人当中打听消息。两人认为，如此双管齐下追查下去，应该好赖能寻出个线索来。

"那就看你的了。"

半七给龟吉吩咐完差事，便回了三河町自宅。当夜五刻（晚上八时）许，龟吉端着一张冻僵的脸来到了三河町。由于自己一人忙不过来，他又找了其他小卒帮忙，将全江户的江湖艺人和展畸艺人都查了一遍，结果这阵子并没有拿鬼儿表演的人，也没有丢失鬼儿之人。龟吉沮丧地说，江湖艺人方面的线索已全断了。

"这么看来，那应当是与畸人展览无关的普通幼儿了。"半七思忖道。

"这个嘛，大概是了。倒是有江湖艺人因丢了猫崽而丧气得很，可那才藏抱着的不是猫崽吧？"

"不是。今早那个的确是婴儿，不是猫崽。"

说着，半七又陷入沉思。倒毙路旁的才藏怀中抱着的确实不是猫崽。虽是畸形鬼儿，但只要她是人类婴儿，就不能与畜生幼崽相提并论。但半七心忖，将这"不可相提并论"放在一起并论或许正是自己该着眼之处，冥思苦想婴儿与猫崽之间能有什么奇特的关联。

"那丢失的猫崽是怎样的？金眸、银眸，还是长了两三根尾巴？"

"这我倒没打听，因为觉得猫儿与此事无关。"龟吉有些尴尬地挠挠头，"难道那鬼儿和猫崽有关联？"

"眼下还不知，但我有些在意。辛苦你再

跑一趟，去打听一下那猫崽是如何丢的，长什么样。"

"遵命。善八那边还没任何消息？"

"眼下还没音讯，不过他的差事麻烦一些，急不得。总之劳你再跑一趟了。"

龟吉应下差事便离开了。

二

翌日是腊月二十八日，清晨便刮起了干燥的西北风。半七站在门外，边看着町中架子工立门松，边随意闲聊着药研堀[1]的年市真冷。此时，龟吉带着一名三十五六岁的男子来了。

"头儿，我直接将人带来了。我怕中间传话又出什么错漏，干脆把本人拉来了。"

"是吗？这位大哥，年节忙碌时期还让你跑一趟，真是辛苦了。来，进屋坐坐。"

"叨扰了。"

男人提心吊胆地进屋。他面色赭红，身材微胖，左边眉尾有两个显眼的天花痘疮。他说自己

_____

[1] 药研堀：两国桥附近的一处运河，用于卸载自隅田川而来的货物，亦指药研堀周边区域。原先位于今东京都中央区东日本桥一丁目、二丁目，如今已经填埋。

是住在下谷稻荷町[1]的富藏。

"方才听龟哥说您找我有事……"

"哪里，倒也不是什么大事……不知龟吉是怎么吓唬你的，其实就是件芝麻小事，本也不用你特地跑一趟。我不说别的，就是听说你这阵子在烦恼猫崽的事？"

"哦——"富藏似感到有些意外，"您是要追查这个？"

"不，没那么严重，我只是想了解些情报罢了。"

"哦——"富藏似乎有些迷茫地看着半七。

"难道没这个事？"

"兴许是哪里出了差错……我完全不知道此事。"

这说的和之前相比简直是天差地别，龟吉忍不住插嘴道：

---

[1] 下谷稻荷町：在今东京都台东区东上野二丁目至四丁目，在江户时代此处原本是下谷稻荷神社。

"喂，喂。你说什么呢？我都和你同行打听清楚了，说你老是抱怨自己的宝贝猫儿不见了，你可不要睁眼说瞎话，否则不就成了我扯谎诓骗头儿了？你好好想清楚再回答。"

"可我确实什么都不知道。"

富藏操着一口粗犷的嗓音，条理清晰地为自己辩解着，咬定自己毫不知情。龟吉终于动了怒，气势汹汹地一再逼问，试图让他屈服，可他死咬着不肯松口，硬说自己不曾丢失耍杂戏用的猫儿。龟吉败下阵来，偷眼打量头儿的脸色。半七静静点头。

"好了好了，我知道了，看来这中间有误会。这位大哥，大清早的给你添麻烦了，实在对不住，还请你多担待，眼下先回吧。"

"我可以走了？"富藏似松了一口气道。

"这次实在对不住你，日后定会加以补偿。"

"哪里，您太客气了。那我先告辞了。"

望着富藏匆匆离去的背影，龟吉没好气地"啧"了一声。

"王八羔子，倒是会耍滑头。他躲得过初一躲不过十五！且走着瞧，我这就去找齐证据再把他押回来！"

"算了，别那么激动。"半七笑着说，"从他方才的表现看，大抵能猜出那小子确实丢了猫，就是不知他为何一再掩饰。在这儿争来辩去终归也吵不出个结果，不如暂时放他回去，再暗中去他家附近探访盯梢就是了。如今也放了年假，我闲着也是闲着，不如先吃顿午饭，咱们再一起出去转转。"

"头儿与我一道，我便放心了。那臭小子驳了我的脸面，我就是拼死也要找到证据，非得好好修理他一顿不可！"龟吉气势汹汹地等待时机，大展身手。

两人用过午饭，正要出发时，善八神情不属地回来了。

"实在没查出什么可疑的。如您所知，麴町的三河屋是屋敷万岁固定投宿的地方，每年一定有五六个人住在那里。为求谨慎，我就过去了一趟。果如我所料，那里已来了五名万岁，其中有个叫市丸太夫的男子，他搭档的才藏至今没来，听说一早便忧心忡忡地出门寻人了。"

往昔日本桥四日市町[1]有才藏市，自三河而来的万岁们都会聚集在这里，各自挑选中意的才藏。不过天保[2]以后市场凋敝，万岁与才藏便会约好来年再搭档。到了次年岁暮，万岁再度南下江户时，多来自安房[3]、上总[4]、下总[5]的才藏会如约来到万岁固定投宿的客栈，再度搭档前去庆贺

---

[1] 四日市町：位于日本桥南侧河岸边，今东京都中央区日本桥一丁目。

[2] 天保：日本仁孝天皇在公元1830至1844年间使用的年号。此处大约指的是天保改革，幕府限制民间娱乐活动并推崇俭约之后。

[3] 安房，即安房国，日本古代令制国之一，属东海道，其领域大约为现千叶县南部。

[4] 上总，即上总国，日本古代令制国之一，属东海道，其领域大约为现千叶县中部。

[5] 下总，即下总国，日本古代令制国之一，属东海道，其领域大约包括千叶县北部、茨城县西南部、埼玉县东隅、东京都东隅。

江户的春日。如今这做法已成惯例，万岁不再需要每次临时挑选才藏了。

由于彼此都是远乡人，约定自然也非常不牢靠。若是有情有义的才藏，万一自己患病或是因其他原因无法赴约，一定会让人带信过去说明缘由，故而大抵都能够顺利解决。可如今那个才藏失约，又未遣人带信，市丸太夫难免犯难。即便手中有众多好主顾，若没有才藏，万岁也不可能穿过武家宅邸的门松。

"那才藏叫什么，是哪里人？"半七问。

"是下总古河[1]人，叫松若。"

"松若……名字倒漂亮。"龟吉笑道。"这么说，头儿，那松若就是咱们要找的人？"

"你没见到那个市丸太夫？"半七追问道。

"没有。"善八回答，"听客栈女侍说，是个五十二三岁的壮汉，一喝酒就开始拼命撒泼，平

---

[1] 下总古河：旧时下总国古河藩，位于下总国西北部，今茨城县古河市。

素看着正经，但似乎是个喜好声色的，一喝醉便会抱着三味线叮叮当当摆弄个不停。"

"是吗？那你再去一趟三河屋，等那个市丸太夫回来后，问问他的才藏长什么样，知不知道那鬼儿的来历，好好打听一番。"

送走善八后，半七和龟吉前往下谷稻荷町。干燥的西北风一早便刮个不停，扬起一片白沙，两人在广德寺[1]前来回打听，终于找到了江湖艺人富藏家。富藏家位于一处钩形小巷深处，毗邻的空地上供着一座稻荷神社。半七四下张望，想找人打听一下，只见一个三十左右的妇人正在井边冲洗一大把冬季蔬菜，双手已冻得通红，身边站着个七八岁的男孩。

"大姐，请问一下……"半七凑近亲昵地搭

---

[1] 广德寺：江户时代宽永十二年（1635）自神田移至下谷的临济宗大德寺派寺院，是加贺前田氏、九州立花氏、织田氏等诸多大名的菩提寺。大正十二年（1923）关东大地震时塌毁，灾后进行土地区划整理时被移至东京都练马区樱台六丁目。原址后来成为下谷区市役所，即现在的台东区役所，位于台东区东上野四丁目。

话道，"住在那里的富藏大哥不在家？"

"富大哥不在。"妇人冷淡地说，"今儿或许到药研堀去了。"

富藏是个单身汉，虽是江湖艺人，但并不自己上阵耍杂戏，而是受雇于其他杂戏棚当守门伙计，这些半七已通过龟吉的报告弄清楚了。半七再度小声问道：

"那富大哥家可有养猫？"

"猫？那猫啊……"

话说一半，妇人突然噤了声。

"那猫怎么了？"

女人突然回头瞄了一眼，可还是一声不吭。半七见她不愿明说，便将手伸入怀中。

"那是你的孩子？看着挺听话。快过年了，叔叔买纸鸢送你如何？过来。"

半七自钱夹里拿出一朱银子递给男孩，他似是吃了一惊，抬头盯着半七。妇人边在围裙上擦手边道谢：

"抱歉，让您破费了……小子，快跟叔叔

道谢。"

"哪里，不用谢。大姐，别怪我难缠，那猫儿究竟怎么了？莫非是逃了？"

"若只是逃了倒好……"妇人低声道，"其实是被杀了。"

"被谁杀了？"

"就是这一点不寻常。富大哥出门时，有人把那猫当成猫妖，错杀了。也难怪，毕竟那猫可是会跳舞的。"

"看来那猫是用来卖艺挣钱的？"

"是呀。本想继续训练猫儿挣钱，谁知被人误认作猫妖杀了，富大哥气得不行。"

付出的那一朱银子起了效，妇人滔滔不绝地道出了那日发生的事。

三

富藏隔壁住着个二十五六岁的俏丽女子，名唤津贺。此人作风极其放荡，找了老爷照拂，却并不独守一人，而是与诸多男子保持关系，过着宛如妓女的淫猥生活。此事左邻右舍都传遍了。有个年约五十的男子偶尔会造访津贺家。她本人声称那是她的叔父，为了做生意，每年会从上州来江户一次。但那人好像不是上州人，也不是津贺的叔父，大院里的邻居们都觉得那也是照拂津贺的老爷之一。

四五日前的傍晚，那所谓的叔父时隔许久又来拜访，不巧津贺不在。她独居在此，一旦出门必会锁好门户，故而"叔父"没能进入她家。这妇人见男子呆呆地站在昏暗的门口，心下怜悯，便自井边跟他搭话。原本不多说这一句便无事，她偏偏劝那男子去隔壁屋中等津贺回来。隔壁便是富藏家，他没有锁门就去了町中澡堂，眼下并不在家。他家徒四壁，本就犹如遭了贼人洗劫一般，加之这男子又是个熟面孔，这妇人便放心地让他进入富藏家中等人了。这男子似有些微醺，道了谢后便走进隔壁屋，坐在门口的地板沿上。不一会儿，屋里竟传出了断断续续弹奏三味线的声响。他来津贺家时也曾弹过几次三味线，故而妇人不疑有他，自顾自地淘完米便回家了。

"接着就出事了。"妇人皱着脸道，"我听见富大哥家动静很大，赶忙跑过去看发生了何事。只见刚泡完澡的富大哥头顶上还冒着热气，正揪着津贺那个'叔父'的胸口气急败坏地质问他呢。我问了事情原委，这才明白是那'叔父'杀了富大哥的猫。"

"他为何要杀猫？难道那猫突然跳起舞来了？"半七问。

"没错，正是那猫跳舞了。"

据妇人说，富藏为了训练自己养的白色猫崽

跳舞，费的心思和文字烧[1]不相上下。他先烧旺了长火盆里的炭，再在上头放上铜板，待铜板被炭火烧热，便在猫崽的身体上绑好麻绳自天花板吊至火盆上，使猫崽的四只脚正好踩上铜板。由于铜板已经烧烫，猫儿一受惊，前后足便会自然而然地交替蹦跳，此时富藏再指弹三味线进行伴奏。当然，最初需要伴奏者巧妙地配合猫儿蹦跳的步调弹奏三味线，若持续训练，待猫儿习惯了，它便会自己配合伴奏交替扬起前后足。如此持之以恒，最终猫儿只要一听见三味线的声响，即便踩在普通的地板或草垫上也会自然扬足。杂戏棚里热热闹闹的猫戏都是这样训练而成的。富藏花了大概两月才驯好那只白猫。

富藏耐着性子训练猫儿，好不容易能将它拉出去耍杂戏赚钱了，谁知这猫儿竟被那男子突然扑杀。当然，杀猫者也理直气壮。男子正坐在地

---

[1] 文字烧：在烧热的铁板上浇油，淋上调好味道的面粉糊，再随喜好加入鱼、肉、蔬菜等原料炒制成饼状而成的菜肴。因制作时会用面粉糊在铁板上写字玩耍而得名。

板沿上等人，百无聊赖之际忽见墙上挂着三味线，微醺的他便取下三味线摆弄了起来，谁料原本蜷在长火盆边的白猫突然跟着调子跳起舞来，着实吓得他不轻。此时正值逢魔时刻[1]，男人见那猫儿竟翩翩起舞，霎时惊惧非常，根本来不及细思，举起手中的三味线便往猫儿头顶狠狠砸去，猫儿就此倒地毙命，此时恰逢饲主富藏回来了。

富藏大怒，说不论谁说什么，主人不在时外人都不能擅自入屋，更别说闯入者还杀了自己赖以讨生活的杂戏猫儿。富藏气得脸色都变了，咆哮着要男人给说法。男人知晓内情后也过意不去，连连道歉，但富藏不依。那妇人自知牵扯其中，也在一旁帮腔。可富藏怎么也不肯善罢甘休，坚持要男人让猫起死回生，或者赔十两金子。男子一再赔罪，最终将赔款减至五两，但因身上未带那么多钱，便求富藏宽限至除夕日。谁知富藏直

---

[1] 逢魔时刻：指黄昏时分。旧时日本人笃信昼夜更替之时会遭遇魔物或有大祸降临，故而将黄昏前后天将黑未黑之时称为逢魔时刻。

接按住了那男子，强行抢了他的钱夹，然而钱夹里只有三分金子。富藏不肯作罢，逼迫男子立刻去筹措钱款，此时恰巧津贺归来，一再安抚富藏说自己愿意作保，请富藏今晚先放过男子，这才顺利将男子带进了自己屋中。

富藏的猫儿就此没了。半七心忖，富藏之所以在自己面前坚称不知此事，恐怕是因为自己虽然占了八分理，却也曾像盗徒一般抢走对方钱夹，觉得心虚吧。

"之后呢？那男子后来给钱了吗？"

"当晚便就此收场。那男子似乎在津贺家聊了约半个时辰，之后便离开了。第二天晚上他又过来，不知怎的与津贺起了争执。双方似都喝醉了，津贺抓着那人把他推了出来。"

"好过分的女人。"龟吉瞪大了眼睛道。

"她确实挺彪悍的。"妇人嘲讽似的笑笑，"嘴里骂着那男人没出息怎样怎样，那叫一个气势汹汹……那好赖也是她对外宣称是叔父的男人，眼下竟这样被她推推搡搡地赶出门外了。即便如此，那男子还是一声不吭，垂头丧气地乖乖走了。像津贺那样的女人，或许没有男人能制得住吧。"

"那个津贺现在可在家？"半七回头看着身后问道。

虽然同样是住商铺后巷长屋的，津贺家似乎更为整洁清爽，屋檐下还贴着龟户天神社的避雷符，门口照常挂着锁，因而看不见屋里的情形。

"昨夜就没回来。"妇人笑道。

"那她与隔壁的富藏可有暧昧？"

"这就不知道了，毕竟她就是那样的人嘛。"

"说的也是。"半七也笑了，"哎呀，眼下日头短，我耽误了你这么些时候，真对不住。好了，阿龟，咱们走吧。"

两人辞别妇人，走出了巷子。

"头儿，没想到世间还有这样的奇事。"

"嗯，大千世界无奇不有啊。"半七颔首道，"不过，跑这一趟也算值了。如今大抵弄清了内情，接下来只剩鬼儿的来历了。不，这个应该也很快就能弄清。好了，你的差事算是都办完了，我还要绕道去别处，咱们就在这儿分开吧。”

"那个阿富怎么办？"

"眼下还奈何不了他，先放一放吧。"

"是。"龟吉不情不愿地走了。

半七虽觉此案不会拖得太久，但他是不追查到底就不肯罢休的性子，因此往山手方向走去。冬天的日头已然西斜，萧瑟的鸦影在护城河边的松树上彷徨。半七来到麹町五丁目的三河屋，只见善八正坐在斜对面的烟草铺前。

"头儿，不顺利啊，听说市丸到现在还没回来。"他有些不耐烦地说。

"辛苦你了，最近有没有女子前来找市丸？"

"有，有。听女侍说，有个二十五六岁的俏姑娘来过两三次。您知道得真清楚。"

"是啊，我清楚得很。"半七笑道，"案子大致已查清了，今儿就先这样吧。再有几天就过年了，你也不能一直窝在这儿吹风，回家帮你媳妇切年糕吧。"

"我可以收工了？"

"可以了。"

两人一起回了神田。寒风刮了一夜，江户惯常容易走水[1]，故而居民们当夜皆睡不安稳，身负公差的半七更是担忧得整宿没合眼。翌日凌晨七刻（凌晨四时），半七起身就着座灯抽烟，忽逢有人使劲叩门，几乎将门震破。

"谁啊，谁啊！"

"是我！阿龟！"外头的人仓皇应道。

"豆腐龟啊，来得也太早了吧？"

家人还未起床，半七只得亲自出去应门。门一开，只见龟吉气喘吁吁、跌跌撞撞地滚了进来。

"头儿，富藏死了！"

---

[1] 走水：指火灾。

四

由于当初眼睁睁看着富藏在自己面前否认猫儿丢失一事，一时让自己在头儿面前出了丑，龟吉打心底里厌恶富藏。昨日与半七分别后，龟吉去了吉原玩耍，却未被好好招待。龟吉窝着一肚子气，赶在游郭闭门前出来，到浅草阿部川町[1]敲开友人家大门借宿了一宿。耳旁强风呼啸，龟吉也睡得极不安稳。忽然，外头隐约传来喧闹声。龟吉以为是火灾，立刻跳起来往喧闹方向赶去一看，果然是走了水，但只烧毁了稻荷町的一处长屋。

火灾就此平息，但一波未平一波又起，事故

---

[1] 浅草阿部川町：今东京都台东区元浅草三丁目至四丁目，离下谷稻荷町不远。

现场传来消息，有名男子死在了火场，死者正是富藏。住在同一长屋中的津贺的尸体也在井中被发现。

"因此我一人无法应付，您赶紧跟我走吧！"

"好，立刻走！这下事情可严重了。"

半七换好衣服，与龟吉一同出门。正值大年二十九，拂晓的风迎面扫荡而来，两人遮眼捂嘴跌跌撞撞地往前走。来到稻荷町，富藏家已烧塌大半，狭窄的巷道里，白烟迎风飘荡，町中居民和长屋居民都聚在白烟中吵吵嚷嚷。

"眼下闹哄哄的。"

昨日的妇人神色慌张地望过来，一见半七便打招呼道，显然她并未忘记昨日给了自己一朱银子的半七。

"昨日多谢您了……不过这么大的风，只造成眼前这点场面也算小灾小难了。"

"小灾小难是值得庆幸，不还是有人死于非命吗？人是烧死的？"半七漫不经心地问。

"不太清楚。富大哥是烧死的……津贺也……"

"是吗？"

半七立刻去了起火点。事到如今也不能再隐藏身份了，半七表明来历，在家主的陪同下检视了火场。由于附近邻居快速赶到现场拆毁了房屋，如今这屋子虽说烧毁一半，但有七成只是被拆，并非烧掉。半七沿着长屋巡视一圈后，不经意地将目光投向了旁边的稻荷神社。

"这稻荷神社倒是安然无恙。"

"长屋的大伙都说多亏稻荷神[1]保佑，这火才没酿成大祸，高兴得很呢。"房东说。

"那你们可高兴错了。"半七哂笑道，"若是稻荷神保佑，一开始就不该闹出这火灾来。家烧了，人死了，这算什么保佑？干脆连着把这稻荷神社也烧了如何？"

---

[1] 稻荷神：稻荷神是日本神话中谷物、食物之神的总称，是象征稻谷的谷灵神、农耕神。日本人相信狐狸是稻荷神的使者，故而稻荷神社多有狐狸塑像，加之日本传说狐狸喜欢吃油豆腐，故而也有将狐狸、油豆腐直接称为稻荷的情况。

房东似是觉得半七这话有些无法无天，可对方毕竟是捕吏，自己只好忍着，一声不吭。半七拾起脚下一根刺刺烧着的木棒，如举火把一般举起来。

"如何？我这就去给神社点火。"

"你！你别乱来……！"

房东慌忙按住半七的手。后者不管不顾地又怒吼道：

"哼，乱来又如何？这种稻荷神……烧！区区一个燧石箱一般的小神祠，瞬间便化灰！里头若躲着野狐狸，趁早滚出来！"

许是稻荷神也吃了一惊，半七话音刚落，神祠大门便砰地打开，只是从里头爬出来的不是野狐狸，而是个年约五十、全身被炭火熏黑的男子。

"你就是市丸太夫吧？从实招来！"半七擒住对方胳膊，"我就说为何稻荷神社里嘎吱作响，里头果然躲了这么只狐狸。来，跟我去警备所！"

被半七押至町中警备所的确实就是市丸太夫。他怀中虽藏有一把匕首，但刀刃上并无血迹。

"是你杀了富藏，放了火？"

"小的有罪。"市丸太夫坦白道，"我的确打算杀死富藏，但未及动手，屋子便起了火，富藏也被烧死了。"

"你为何要杀富藏？"

"因为一点我付不起的小钱。"

他老实招供了自己错杀富藏的猫儿一事的来龙去脉。长屋居民所料不差，他自前年春天起与津贺有染，每年来江户时必定造访她家，并且年节内赚的钱大半都被津贺榨取。前些日子，他时隔一年再来拜访，恰逢津贺外出，没承想自己竟意外杀死了邻家猫儿。

"因津贺说情，当晚算是逃过一劫，但剩下的四两一分金子我着实凑不到，同伴们也要等过了年节才能借我像样的钱财。我实在是穷途末路，便想请津贺帮忙，眼下先当了她的衣物凑钱，于是翌日晚上又过去与之商谈，结果她极其冷淡地拒绝了。我俩你来我往地吵了几句，但津贺是个凶悍女人，最终抓着我将我推出了门外。我一把年纪了，却与一个年轻女子纠缠不清，委实丢人现眼，当晚便灰溜溜地走了。谁知第二天津贺竟来到我住的客栈，哀求我说若我不尽早付清赔款，她就没脸见街坊了。那日我好说歹说将她劝了回去，结果她第二日又来缠着我。津贺这样的女人每日过来，当着客栈众人、同业伙伴的面这样闹腾，我委实不知该如何是好，臊得恨不得立刻消失……"

半七心中半嘲讽半同情地听着他忏悔，只听市丸太夫战战兢兢地继续说：

"我实在是走投无路。此时，我忽然听客栈女侍说起一事。去年夏季，有个来客栈干活的女侍阿北不知怀了谁的种，肚子愈来愈大，她的日常起居也越发困难，便在今年七月请辞回新宿寓所养胎，并在十月初顺利产下一名女婴。不知为何，那女婴竟是个一出生便长了两颗獠牙的鬼儿。莫说阿北本人，连她的兄弟们也觉得事情传出去不好听，眼下正在为难。我一听说此事，立刻去了阿北家。我认得阿北，见到她后便请她让我看看婴儿。我一看，果然是个畸儿。说实话，我实在凑不齐那四两一分，便想将这畸儿带到富藏那里让他收下，代替那猫儿。我便问阿北可有意向将女婴送人。她也不知该如何处置这女婴，便说若有善人明知孩子有畸却仍愿收留，那就送吧。于是我就说自己去与对方商量一下，离开阿北家去了津贺住处与她商议，不巧隔壁富藏不在家。津贺听我说完，便说若那女婴能帮富藏赚钱，他兴许会同意，叫我先把那畸儿带来看看。"

"所以你真把那婴儿抱来了？你可真狠哪！"半七不悦地说。

"小的自知罪孽深重。我也知这样做太过心狠，可我实在顾不得那么多了……我跟阿北好说歹说，终于要到了那鬼儿，结果半道上遇见了才藏松若。松若正好来我住的客栈找我。我心觉他来得正巧，便将事情原委告诉了他，请他帮我把婴儿送到津贺家。松若也曾与我一同去过津贺家，应该很熟悉路线。那时是二十六日夜里临近五刻（晚间八时），但是松若就此竟再没回来。我正琢

113

磨着松若究竟怎么了，第二天过午，津贺又来客栈催我快把婴儿带去。我说昨晚便叫松若送过去了，可她怎么也不信，说了一大堆难听的话，把我逼到了穷途末路。不仅如此，我仔细看她那模样，总觉得她一定与富藏也有奸情，便逐渐心生厌恶。如今想想，自己那时的想法着实可怕。我心想，不如干脆杀了富藏和津贺，这样就没人折磨我了，于是在夜摊上买了把小刀揣在怀里，当天深夜悄悄潜进了稻荷町。果然不出我所料，津贺进了隔壁屋子，正与富藏面对面坐着，亲亲热热地喝酒呢。我气血上涌，几乎想立刻冲进去，对方毕竟有两人，我有些胆怯，便接着观察了一阵。两人渐渐醉意上涌，因一点小事吵了起来。那津贺也是个犟脾气，两人吵到最后竟站起来要动手，谁知不慎碰倒了身旁的座灯。富藏已经烂醉，身体压根不听使唤。津贺慌忙想灭火，可她也醉得不行，身子不听话。两人手忙脚乱中，火越烧越大，点燃了津贺的裙角和衣袖。我惊得愣在原地观望，眼睁睁看着津贺全身着火……"

市丸太夫似是因回想起当时的凄惨光景而感到畏惧，浑身抖个不停。

"那女人拼命摇着刚绾好的天神髻[1]，白皙的脸庞扭曲可怖，牙关紧咬，浑身是火地在屋里打滚，痛苦地挣扎……像我这般胆小的人压根不敢看第二眼，下意识闭上了眼睛。不久，津贺许是撑不下去了，只听一声重物滚落泥地的声响传来。我心中大骇，再度睁眼一瞧，只见全身是火的津贺往水井去了……我也不知她是想熄灭身上的火还是想干脆一死了之，只见水井上方'啪'地散出一团火星，津贺便消失了。至于富藏……我不知道他如何了。当时屋中已全是火。此时附近的人听见响动，慌忙赶了过来。我失了分寸，想着自己若不慎被人发现，牵扯进去可就糟了，于是不管不顾地躲进了旁边的稻荷神祠里，还担心若火势增大烧过来可如何是好，吓得要命。幸好火

---

[1] 天神髻：日本江户幕府末期至明治时代常见的平民发髻，将发尾盘在后脑勺中央位置，用发簪固定。多为艺伎或年轻女子所绾。

115

只烧了一栋房屋便灭了，但火场围满了人，吵吵闹闹的，我想出也出不去，正进退不得之时，就被您找到了。其实他们碰倒座灯之时，若我立刻冲进去帮忙灭火，事情便不至于如此，可我实在是吓呆了……"

半七不得不想，恐怕他并不只是吓呆了，而是心里还潜藏着残酷的复仇意图。

"如今不用你动手，津贺和富藏就被一并收拾了，对你来说恐怕再没有比这更省心的了吧？"半七讥讽道，"但你也罪孽深重。才藏松若在帮你送婴儿的途中冻死了！"

"松若死了？"市丸太夫的脸色越发苍白。

"兴许是抱着婴儿去津贺家的途中喝了太多酒，他醉倒在镰仓河岸，天可怜见，他就这么冻死了。那鬼儿倒是无恙，等查清来历，我们便将她送回去。若把她交给你，你又拿她耍花招可就糟了。"

市丸太夫哑口无言，他那布满皱纹的扭曲脸庞顿时如同死灰。

长有獠牙的畸儿最终被送回生母阿北身边。至于市丸太夫，由于并无律法可以治他的罪，他只遭到一番面斥便被开释了。一经释放，他立刻退了客房回乡。自那以后，每逢江户新春之时，再也不曾见过市丸太夫的万岁身影。

03

枪刺犯

一

　　看过明治二十五年春季报纸的人应该有印象，以麹町、番町 [1] 一带为首，本乡 [2]、小石川 [3]、牛迁 [4] 等山手一带发生过数起深夜过路女子被划伤脸部的事件。事件中，年轻女子的鼻子被削掉，或是脸颊被划破，万幸该案仅持续了两三个月便停止了，但是凶犯一直未能逮捕归案。

　　当时，我正造访半七老人家。老人也从报纸上知晓了这些残忍的犯罪事件。

---

　　[1] 番町：麹町北部一番町至六番町区域。德川家康为了巩固江户城西侧守卫，将负责直接护卫将军的旗本队伍大番组安置在此，故名。

　　[2] 本乡：今东京都文京区本乡地区。

　　[3] 小石川：区域大致包含今东京都文京区西半部。

　　[4] 牛迁：今东京都新宿区地域名，主要指旧东京市牛迁区范围。

"犯人还没抓到吗？"老人皱着眉头道。

"听说警察费了很多功夫，似乎毫无线索。"我回答，"有人说凶犯或许是某个色情狂，总之，应该是个疯子吧。"

"大约是了。割头发、划脸颊、砍腰带……往昔也有诸多这样的案件，最有名的应数枪刺案。"

"枪刺案……是有人拿长枪刺人吗？"

"对。拿长枪胡乱刺死人。你可听说过？"

"没有。"

"此事并非我亲办，而是听人转述的，故而或许与事实有些出入，大致应该没错。"老人娓娓道来，"文化三年（1806），即丙寅年正月底开始，江户市中突发多起长枪刺杀行人的恶劣事件。有人手持长枪，突然自黑暗的竹林中跳出，疯狂刺伤街上行人。遇刺者突遭飞来横祸，被当场刺死者亦不在少数。凶徒始终未能伏法，并且不知不觉中便销声匿迹了。直至文政八年（1825）年夏秋季节，枪刺犯重出江湖，连初代清元延寿太

夫 [1] 也被人自轿外刺中，毙命堀江町 [2] 和国桥旁。
由于初代清元延寿太夫是脱离富本节 [3] 自立一派
的人物，于是就有猜测说，兴许是有人因妒杀人。
实际并非如此，他应该就是被那枪刺凶杀害的。
山手一带或许因为多是武家宅邸，未曾发生枪刺
事件。凶犯主要在下町一带作案。那阵子非常不
太平，在不见星月的暗夜里，大家在外头行走都
提心吊胆，因为随时有可能突然被人刺破肚子。
文化年间还有人作打油诗，什么'春夜道旁黑隆
咚，何人提枪把我捅'，还有什么'都说月亮好，

---

[1] 清元延寿太夫：江户净琉璃清元节宗家，高轮家
家主袭名称号。

[2] 堀江町：今东京都中央区日本桥小舟町。江户时
代堀江町旁是西万河岸，堀江町入濠，濠上有和国桥、亲
父桥（思案桥），今已不存。

[3] 富本节：净琉璃流派之一，与常磐津、清元同为
丰后三流之一。初代清元延寿太夫是富本节初代富本斋宫
太夫的得意门生，袭名二代目斋宫太夫。公元 1812 年，因
与二代目富本丰前太夫不合而退出富本节，以丰后路清海
太夫之名自立一派，并于公元 1814 年改名清元延寿太夫，
创立清元节。

月亮刺不到；都盼刺枪歇，刺枪歇不了'等等。可到了文政年间，枪刺案再次发生时，大家已顾不上什么打油诗了，因为一不小心真的可能丧命，上回的人命案子吓得众人直往后缩。如此，上头自然也不能放任不管，命人严厉追查枪刺案，然而迟迟不见进展，眼睁睁让骚动从夏季延续到了秋季，着实令人抓耳挠腮。八丁堀同心中有个叫大渊吉十郎的大为光火，气得扬言若不能在年内抓到枪刺犯，他就切腹谢罪。既然连上头的老爷们都有如此大的决心，下面的捕吏自然全力以赴。众人皆道即便将其他案子全都暂且搁下，也势必要将这枪刺犯捉拿归案。大家都尽了全力进行追查，其中有个叫七兵卫的捕吏，住在茸屋町[1]，后来被人称作"卜卦七兵卫"。当时他已五十八岁，但听说身子骨硬朗，眼光也锐利。接下来要讲的正是这个七兵卫的侦探故事……"

---

[1] 茸屋町：今东京都中央区日本桥堀留町一丁目、人形町三丁目。

这场枪刺案在盛夏之时一度中止，然而在凉风乍起之际又卷土重来。到九月末时已然发展到大约三日便有一人遇害，下町居民再度人心惶惶。无奈之下，众人夜间出行时必然三五结伴，决计不再单独出门。然而每次案发，凶犯都未取走受害者的随身财物，只是用长矛刺伤人便逃之夭夭，俨然是在拿人试刀。由于凶犯对财物视若无睹，搜寻线索便非常困难，故而要找出凶犯，只能依靠现场抓捕。

此外，文化年间与文政年间的枪刺案究竟是否出自同一人之手尚不可知。是一人所为，五六人结党所为，抑或是有数人听闻前次枪刺案后心觉有趣而进行模仿犯案也全然不得而知。同时，凶犯究竟为何要犯下如此残酷的罪行也无确切推论。但任谁都能想到，凶犯要么是与以往的试刀者一样，想要测试枪尖的锋利程度，要么便是想试试自己的身手。因此，众人先盯上了全江户的枪术师傅及其门人，然而最终并无所获。虽然众人都知道案件并非一般盗贼所为，但苦于不知凶犯动机为何。有人说，犯人定是有什么心愿，为此发誓要刺杀一千人。也有人说，凶犯专杀狗年生人，可那被刺的延寿太夫是生于鸡年而非狗年。不管怎样，凶犯既然是能够随心所欲耍弄长枪之人，想必不是町人或农民，因此捕吏们便将目光锁定在了武士与浪人身上。七兵卫也如此认为。

十月六日早晨天气阴沉，鳏夫七兵卫对家中老佣阿兼说：

"阿嬷，你看，好像要变天了。"

"看着像要下阵雨。"阿兼边擦拭外廊边仰望初冬昏暗的天空说，"今夜起便是十夜法会[1]了吧？"

"是啊，十夜法会。咱们这凭捕棍和捕绳吃饭的行当，年纪一大就开始担心来世福德喽。虽不同宗，但今晚还是去浅草寺[2]拜拜吧。"

---

[1] 十夜法会：主要是净土宗寺院在10月或11月举行的法会。往昔以旧历十月初五半夜开始，至十月十五日止，共进行十日十夜的念佛修行。

[2] 浅草寺：浅草寺属于天台宗系圣观音宗，并非净土宗。

"这样好。听说还有法会和讲经呢。"

"我竟然和阿嬷聊得投机，看来也快完蛋喽。哈哈哈——"

正当七兵卫爽朗大笑时，一名小卒来到了七兵卫家客厅。

"头儿，秃头岩来了，这就让他进来？"

"嗯，莫非找我有事？算了，让他进来吧。"

鬓角斑秃的小卒岩藏进来了，他冻得鼻尖通红。

"您早。感觉天气越发有冬味了。"

"如今都是十夜法会了，当然越发有冬味。你这贪睡虫今儿怎么一大早就跑过来了？"

"我也不和您废话，关于那枪刺案……我听见一点奇怪的风声，就想着姑且先说给您听听。"岩藏在长火盆前拘谨地坐好，"昨夜五刻（晚上八时）近前，藏前[1] 又发生了凶案。"

---

[1] 藏前：今东京都台东区藏前，位于台东区东南部，因江户时代在此设有幕府的米仓而得名。"藏（藏）"在日文中意为"仓房"。

"嗯。"七兵卫皱起眉头，"真没办法。受害者是男是女？"

"奇就奇在这里。头儿，浅草两个叫勘次和富松的轿夫抬着轿子经过柳原堤[1]时，忽然自河岸柳树背后走出一名十七八岁的漂亮姑娘，说要坐轿去雷门[2]。两位轿夫正好也是回程，双方立刻讲好价钱，轿夫就载着姑娘快步往藏前方向走，此时突然有人自御厩河岸[3]渡口方向——这其实是猜测，但应该没错——疾步奔来，自黑暗当中冷不丁刺向轿子垂帘。两个轿夫吓得丢下轿子，"哇"地惊呼一声便逃，但又不能就此弃轿不顾，于是两人逃了大约半町（五十余米）距离后停下脚步，战战兢兢地回到原处一看，只见轿子依旧

[1] 柳原堤：神田川沿岸自筋违桥（今东京都千代田区万世桥）至浅草桥之间的一段堤坝，因江户时代此地沿河种有大量柳树而得名。

[2] 雷门：浅草寺山门。

[3] 御厩河岸：江户时期隅田川上浅草三好町（今东京都台东区藏前二丁目）一带的河岸，因附近有幕府马厩而得名。此处有渡口连接对岸本所石原町。

停在路中央。两人尝试着轻唤一声，但轿中并未回应。两人以为姑娘是被杀了，胆战心惊地掀开垂帘一看，结果里头并无人影。您说奇不奇怪？于是两人提过灯笼仔细一瞧，发现轿中竟躺着一只大黑猫……腹部被刺中，已经死了……"

"黑猫……被长枪刺死了？"

"对。"岩藏皱着眉点头道，"简直莫名其妙。姑娘不知消失去了哪儿，却让那只大黑猫替她死了。怎么想都奇怪，不是吗？"

"确实有些奇怪。姑娘是怎么变成猫的？"

"问题就在这儿。轿夫说那姑娘不像是人，说不定是猫妖变的……这阵子本就不太平，那年轻姑娘又不是'夜鹰'，为何五刻过后还在柳原堤上游荡？太奇怪了。怕不是猫妖幻化成姑娘，想诓骗轿夫，谁知意外吃了一枪，现出原形死了。"

"或许吧……"七兵卫苦笑道，"若不这么想，此事便说不通了。不管怎样，这终究是桩怪事。你说那姑娘长得漂亮，莫非她露脸了？"

"没有。听说用头巾蒙着面。"

"是吗？那么，那姑娘可像坐惯了轿子的人？"

"不知，这我倒没打听。反正那姑娘也不像是人，大约有法子蒙混过去吧。"

"我再问一次，你说那姑娘十七八岁？"

"对。轿夫是这么说的。"

"好，辛苦你了。我仔细想想。"

岩藏退下，去了其他小卒聚集的房间。七兵卫听着手下小卒们高谈阔论茶馆姑娘如何如何，坐在长火盆前冥思苦想，最终砰的一声扣响吸了一半的烟管，自言自语道：

"真会搞恶作剧。"

日暮之后，七兵卫离开茸屋町自宅，去往浅草寺念佛堂[1] 参加十夜法会。为慎重起见，他途中先绕去柳原堤转了一圈。许是因枪刺传闻，长长的堤坝上一入夜便再无往来足音，连盏灯笼也

---

[1] 浅草寺念佛堂：浅草寺内的念佛堂，位于大殿后，用于念佛修行，现为浅草寺病院。

瞧不见。天空自白日里便愁云惨淡，此时更是黑压压地横亘在高耸的银杏树梢，稻荷神祠的灯火似陷入沉睡，虽闪着淡黄色的灯光，却仍显寂寥。七兵卫一手拨着念珠，将小田原提灯[1]藏进平纹罩袍之下，沿着神田川畔堤坝的边缘往前走。此时，有一女子如幽灵一般忽然自萧瑟的枯柳背后冒了出来。

透过浓重的夜色，七兵卫定睛一瞧，感觉对面的女子似乎也在打量自己。不久，对方迎面而来，与七兵卫擦肩而过，往两国方向走去。七兵卫在背后叫住她：

"喂、喂，姑娘。"

女子默然驻足，少顷又欲迈步前行时，七兵卫快步追了上去。

"我说姑娘，这阵子不太平，不如我送你吧？"

说着，他将方才藏好的提灯举至对方眼前，

---

[1] 小田原提灯：一种直筒型便携提灯，可以折叠后随身携带。

谁知立即被对方打落。七兵卫早有准备，立刻去捉对方手腕，结果两手反被重击震得发麻，手上念珠绳断，珠子飞撒了一地。七兵卫惊得愣怔在原地，那女子趁机飞速隐入黑暗中，转瞬间已不在七兵卫目力所及之处。

二

"那是猫妖吗？"

如今想追也追不上，而且也没必要紧追不舍，因此七兵卫弯腰在黑暗的地面寻找，想捡起被打落在地的提灯时，一抹黑影不知从哪儿毫无顾忌地跳了出来，招呼也不打一声便向七兵卫左腹刺来。已敏锐地注意到脚步声的七兵卫膝盖点地，勉强躲过一击。只听枪尖扑哧一声插进土里。七兵卫抓住枪柄试图起身，谁料对手立刻拔出枪尖，闪电一般又刺来了第二枪。七兵卫再次飞身险险躲过，好容易站直了身躯，只见对方的枪尖又朝他的腰腹连连刺来，所幸全都未能刺中。

"公差拿人！"

七兵卫忍不住大喊一声。对方闻言立刻收枪，于黑暗中拔腿而逃。七兵卫的眼力到底还是没有猫儿那般敏锐，遗憾未能看清对方长相，但他也庆幸自己没有受伤。他弯腰找了一会儿，终于摸到了掉落的提灯。身为捕史，七兵卫随身带着打火器具。他自袋中取出燧石，点亮折断的蜡烛照看四周，但是未能找到任何线索。

七兵卫脑中思索着之前那可疑女人与方才那枪刺犯的关系，脚下则往浅草走去。许是枪刺骚动同样吓坏了祈福的信徒，今年的十夜法会不像以往那般热闹。七兵卫袖袋中还装着断了线的念珠，他今夜也有些心不在焉，于是听完法便踏上了归途。途中平安无事。

许是那两个胆小的轿夫嘴碎说了出去，不久民间便盛传江户市内有猫妖现世。枪刺传闻还未平息，此番又添一个猫妖，妇孺之辈越发惊惧。风声传入八丁堀同心耳中，又进一步传入町奉行所，上头下令遏制这些离奇谣言的扩散。谁知这些风言风语反而愈演愈烈，被人添油加醋地传遍了大街小巷。事到如今已不得不管，七兵卫亲自前往浅草，拜访住在马道后巷长屋中的轿夫勘次。

"请问，轿夫勘次是住在这一带吗？"七兵卫站在巷子口的杂货铺门前，如是问道。

"勘次就住在这巷子里头的第三家。"正在铺内熬米糊的老妪回道。

"勘次每日都出去上工？"

"不知怎的，这十来日他一次也没去上工，整日窝在家中，似乎每天都与媳妇吵架。"

"这么说，他今早也在家？"

"应该是在的，方才还听他大吼大叫呢。"老妪神色不悦地说。

"多谢。"

七兵卫踩着不牢靠的水沟盖板往巷子里走去，忽然听见一个尖锐的女声：

"哼，你这人连骨气都没有，嘴上逞什么威风！区区一个耍枪的都怕，夜里还能做什么生意？你是耍花腔，人家耍长枪，这不正好一个配一个嘛！若那耍枪的真出来了，那不刚好让你和阿富抓了去领个赏？别只知道在自家媳妇面前耍威风，有点出息！"

看来自前阵子遇见枪刺犯后，轿夫勘次便吓得不敢出工了。等勘次媳妇骂完，七兵卫才轻声开口道：

"打扰了。"

"谁啊？"妇人没好气地尖声应道。

"敢问这可是勘次家？"

七兵卫站在玄关泥地上，一旁还搁着空轿。盘腿坐在长火盆前的勘次闻言抻着脖子往门口张望。他三十四五岁，是个身材微胖的矮个男人，长着一张与从事行当不符的憨厚脸。

"勘次在家呢，快请进。"

"大清早的叨扰了。"七兵卫坐在地板沿上说，"你就是勘次吧？我也不拐弯抹角了。我是茸屋町的七兵卫，是个舞弄捕棍的捕吏，这次来是有事想向你打听。"

"哦——"勘次与媳妇对视一眼，"总之头儿，虽然家里脏乱，还是请您先进来吧。"

"头儿，快这边请。"

妇人不悦的脸色倏然一变，热情地招呼七兵

卫进屋，但七兵卫摆摆手拒绝了。

"没事，不用这么客气，我也不是来做客的。开门见山，你前阵子在粮仓前的大街上遇上枪刺犯了，是吧？哎呀，真是飞来横祸，叫人头疼。听说你那时载了个奇怪的客人，可是真的？"

"是。"勘次有些不安地点头。

"这就有些麻烦了。虽然过意不去，但我恐怕得将你押走喽。"

七兵卫先如此恫吓，接着又说猫妖的谣言必出自勘次或搭档富松之口，而町奉行所如今已下令遏制这些谣言。如此，既然已经知道散播谣言的罪魁祸首是轿夫勘次与富松，自己便必须逮捕二人进行审讯，要两人做好心理准备。一听这话，勘次和媳妇都吓得面无血色，不知将遭受何等重罚。

"可是头儿，这未免太不近人情了！"勘次颤抖着说。

"这我也知道。给你添了麻烦，我也过意不去。不如这样，我也不说要绑你去警备所的麻烦

136

事了，但你要为我做件事。你与富松在今日傍晚六刻（傍晚六时）钟响后抬着轿子来我家，届时再商讨一切。明白了吗？有劳你了。"

七兵卫不容分说强迫勘次答应后便离开了，回到家正碰上岩藏也来了。七兵卫就将他叫到长火盆前，与他说了自己去马道见勘次的事。

"我懒得听他推三阻四，就吓唬了他一通，他今夜会和搭档一起来。我打算让他俩抬着空轿子，我在后面跟着，若能成功钓上猫妖就有趣了……"

"这种差事还是找其他轿夫办更好吧？"岩藏说，"那两人都是胆小的，半点也指望不上。"

"可那晚是他俩载了那位姑娘，其他轿夫恐怕不认得。算了，到时见机行事吧。"七兵卫笑道，"不过阿民那小子怎么回事？我还给他派了差事呢……"

"阿民那小子方才来过了。我告诉他头儿您不在，他就说先去一趟剃头匠那儿，待会儿就会回来。"

两人正说着，他们话里的小卒阿民便回来了。阿民名叫民次郎，刚剃完头发，顶着锃光瓦亮的脑门，二十四五岁的光景。

"头儿，早安。废话不多说，这次的差事我恐怕难当大任。我和阿寅那小子分头行事，每晚四处巡逻，可江户实在太大，一点进展也没有。"

"这事急不得，你忍一忍，指不定哪一天就碰上了。"七兵卫依旧笑着说，"大伙儿都觉得这差事棘手，不可能一蹴而就，只能耐着性子慢慢来了。"

民次郎与小卒寅七眼下正分头行事，每晚去江户市中栽有竹林之地巡逻。与如今不同，当时的江户竹林众多，要耐着性子逐一巡视着实不是易事，年纪尚轻的民次郎抱怨一通也算情有可原。

三

日暮之时，勘次与搭档富松如约来访。七兵卫让他们抬着空轿专挑行人稀少的地方徘徊，自己则不着痕迹地尾随其后，可惜并未遇见貌似猫妖的姑娘。三人游荡至四刻（晚上十时）之后情况依旧，七兵卫便给了两人几个酒钱，打发他们走了。

"今夜大约是遇不到了。你们明晚再来。"

翌日黄昏，两个轿夫依旧老老实实来了。七兵卫又让他们走在前头，与昨晚一样选冷清的地方徘徊，当晚也未见可疑之人。

"又是一场空，真没法子。明天也要麻烦你们了。"

用酒钱遣散轿夫后，七兵卫冒着寒风沿着滨町河岸 [1] 信步往回走，此时其中一位轿夫上气不

---

[1] 滨町河岸：江户时代位于今东京都中央区日本桥地区的滨町川沿岸地区，滨町川现已被填埋。

接下气地追了上来。七兵卫在昏暗的月光下回头一看，原来是勘次。

"头儿，不好了！又有个女的被杀了！"

"在哪儿？"

"就在那边！"

沿着河岸跑了大约一町路后，果然有一名女子倒在地上，年纪二十三四，打扮俏丽，左胸附近似乎被刺了一下。七兵卫抱起尸体，先松开女子胸襟查看伤口，尸体还是温热的。七兵卫心想若她是刚刚被杀，照理应该能听见惊呼声。谨慎起见，他掰开女子嘴巴一看，竟发现她嘴里有一根血淋淋的小指。大约是凶犯捂住女子嘴巴以免其出声时，被女子在痛苦之际咬下了手指。七兵卫用手纸包起那根小指，放入袖兜。

"抱歉，劳烦你们将尸体搬进轿子里。"

让轿夫搬走尸体，按例检视一番后，七兵卫得知女子是两国桥边茶摊的女侍阿秋。她胸口的伤的确是枪矛突刺所致。

"又是枪刺案？"作作说。众人也都作此想，阿秋的遗体就此移交给了遗属。但七兵卫认为，事情恐怕并非如此。不论是从凶犯至今为止的作案手法来看，还是以自己的亲身经验来看，真正的枪刺犯惯用长枪自远处突刺，未曾有一次是在抱住女子捂住其嘴之后刺伤受害者胸口的。七兵卫断定，此次是有人利用时下频发的枪刺案，以枪尖刺杀女子后伪装成枪刺犯所为，以此掩人耳目。

女子口中的小指上染有蓝色染料，七兵卫以此为据，吩咐底下人追查染坊染匠。很快，在向两国某染坊做事的染匠长三郎遭到拘捕。此人今年十九岁，因喜欢上了茶摊女侍阿秋，自今年夏季开始便每晚泡在茶摊上。然而他年纪比阿秋小，又是刚刚出师的匠人，阿秋对其不屑一顾，令他十分失望。尤其在得知阿秋在滨町一带有情郎后，年轻的长三郎妒火焚身，最终决意杀了阿秋，但又惜命，故而苦想神不知鬼不觉地杀掉阿秋的方法。正如七兵卫所料，他买来枪尖揣在怀中，跟踪阿秋伺机作案。当天夜里，长三郎知晓阿秋要去滨町见情郎，便埋伏途中，自背后抱住阿秋后用枪尖刺入她的胸口。他本以为如此便能将自己的罪责嫁祸给枪刺犯，谁知女子咬下的小指成了罪证。左小指绑着绷带的长次郎无从辩解，只能束手就擒。

"真是个意想不到的礼物。"七兵卫想。然而他从这"礼物"口中得知了一条线索。据他说，有个甲州一带的猎户时而会去长三郎家附近的肉铺卖猴肉狼肉。他这阵子来了江户，正住在花町[1]一带的自炊廉价客栈中。他好赌小钱，长三郎本想赚些钱去茶摊花，谁知几次输在他手上。

"那猎户长什么样？为何你会认识？"

"他名叫阿作，应该是叫作兵卫。"长三郎说，"我跟阿作相熟是因为这个月初，师傅遣我去肉铺悄悄买些山猪肉[2]。我过去时，阿作正好在铺内，

---

[1] 花町：位于本所，今东京都墨田区绿町四丁目一带。

[2] 江户时代因受佛教杀生和轮回思想影响，明面上禁止杀生吃肉，故而买肉不能大张旗鼓，甚至产生了用花或植物的名称指代动物的"隐语"，比如牡丹、山鲸均指野猪。此外，肉铺也会找借口说自己铺上的肉是从野外自然死亡的动物身上割的。

我们就聊了几句，这才认识了。过了两三天，我在入夜时分经过横网河岸[1]时，正好瞧见阿作刚要迈入一旁竹林。当时他说自己方才在那边发现了一只狐狸，要去追。"

"狐狸抓到了吗？"七兵卫问。

"说是在与我说话间，狐狸已经逃远追不到了，所以当时放弃了。"

"你赌博时被那猎户赢走了多少？"

"我们赌得不大，我也就输了四五百钱吧，总之不到一贯。但他还从别人手中赢了一些，兴许落袋不少。他的赌技好得很。"

"他每晚都去赌？"

"我们不是每晚赌，但听说阿作大抵每晚都会到某处去赌。听说山手那边也有许多小赌坊，大约是去那边的吧。"

"好，我知道了。你供述了不少，作为奖励，

---

[1] 横网河岸：本所横网町附近的隅田川沿岸，今东京都墨田区横网地区隅田川沿岸一带。

我会为你向上头求情的。"

"多谢头儿。"

长三郎立刻被送去了传马町大狱。七兵卫叫来参与本次查案的岩藏、民次郎、寅七三人，命他们捉拿住在本所廉价客栈里的甲州猎户。

"可是，头儿，那猎户为何要做下这些大案？"岩藏不解地皱眉问道。

"这我也不知。"七兵卫也摇头道，"但我想，枪刺犯一定是那个猎户。前阵子那晚，我在柳原堤遇刺时曾抓住那人枪柄片刻，那手感并非真正的橡木，似乎是竹子。如此看来，那枪刺犯所用的并非真正的长枪，而是竹枪。又不是第十段的光秀[1]，武士不可能用竹枪。我便认为可能是町人或农民，多半是农民所为，但凶徒大约不是每晚

---

[1] 光秀：指日本人形净琉璃、歌舞伎剧《绘本太功记》第十段"尼崎闲居"的主人公光秀。他在本段中有砍竹削枪的场面。《绘本太功记》实则改编自日本战国时期武将明智光秀从发动本能寺之变杀害织田信长，直至在山崎之战中遭羽柴秀吉（即丰成秀吉）击杀的人生经历。

144

拿着同一根竹枪四处徘徊。首先，长枪在白日很难处置，因而我猜测，凶徒大概是白天将旧竹枪寻个地方丢弃，下次出门伤人之前再伐新竹削枪，我这才让阿民和阿寅盯着各处竹林。果不出所料，这不，那厮正欲潜入横网河岸的竹林时，不就被染匠长三郎撞见了？捉狐狸不过是幌子。再者，在柳原，那人袭击我的手法并不像百姓刺杀山猪时的手法。他枪尖从不打飘，而是从上往下正面突刺。一介农夫若有这般身手未免太过出色。我心中虽觉纳罕，但一时未想到猎户。那厮以枪杀人如猎熊狼，着实可怖。如今既然寻到了证据，就不必多虑了，立刻去把他抓来！"

"是，遵命！"

三人意气振奋地纷纷起身。

四

所谓"莫用无情人"[1]的十月中旬,日头匆匆落山。七兵卫在阿兼婆的侍奉下吃完晚饭,外头天色已然暗下来了。前往本所的三人还未归来。七兵卫料想或许是对方不在家,三人正在蹲守,可眼下未免耽搁得太久,令人有些不安。七兵卫

---

[1] 如今流传下来的似乎只有前半句"四月の中の十日に心なしに雇われるな",即"四月中旬莫事无情人",暂时未能找到后半句日文原句,但其意义可结合前半句与文中描述推测为"十月中旬莫用无情人"。整句意为四月中旬日头长,若被无情无义之人雇用,或许要被迫勤恳工作至太阳落山才得以收工,规劝受雇者此时不要为如此毫无体贴之心的雇主工作。反之,十月中旬日头短,若雇用无情无义之人工作,对方或许会偷懒至太阳下山草草了事,规劝雇主此时不要雇用如此不为人着想的佣工干活。旧时日出而作,日落而息,工作时长皆由日出日落而定,是不固定的,故有此谚语。

决意去瞧瞧状况，换好衣裳正准备出门时，轿夫勘次空手来访。

"头儿，实在抱歉，阿富那小子说他疝气旧疾复发，今夜无论如何也动不了了……"

"所以你才一个人来了？还真老实。正好我眼下要去本所办差，今夜估计也用不着你。不过你也跟我走一趟吧，中途或许还能遇上宝贝呢。"

"是，小的随您一起去。"

勘次真如惧内的男人那样，虽然没骨气但老实巴交，七兵卫对他颇有好感。两人边聊边往两国桥方向走，行至长桥正中央时，头顶有大雁鸣叫着飞过。

"天气越来越冷了。"

"是啊，眼看就要刮起筑波风[1]了，这桥也难走喽。"七兵卫望着昏暗的水面说，"再过一阵子，下游就能看见捕银鱼的渔火了，今年也快到

---

[1] 筑波风：关东地区冬季自茨城县筑波山方向吹来的西北风。

头了。"

话音未落，勘次便悄悄扯了扯他的衣袖。七兵卫往勘次所指方向望去，只见一名女子正低着头赶路。

"那是藏前的猫妖？"七兵卫小声问道。

"是，怎么看都像。"勘次也悄声道，"干我们这行的，只要载过一次的客人一般不会忘记。那晚变成猫的就是那女人。"

"我瞧着也像。你且在这儿稍等，我过去搭话。"

七兵卫回身跟在女子身后。行至广小路[1]一侧的守桥值屋时，七兵卫绕前拦住女子去路，借着值屋的灯光，窥探女人头巾之下的面容。

"小师傅，前些天晚上真是失礼啦。"

女子驻足片刻，又默默迈步，正要与七兵卫擦肩而过时，后者又追上来叫道：

"内田小师傅，莫非您也出来追查枪刺犯？

---

[1] 广小路：指两国广小路。

因为您开了个大玩笑，如今大家正怕猫妖怕得紧呢。"

"呵呵呵——"

女人笑着解下头巾，露出还未剃去刘海儿的白皙面容。此人个头虽大，但顶多十五六岁，而且是个眼神清澈、双唇娇小、神色温顺又风姿凛凛的美少年！

"你是谁？如何认得我？"

"人称'今牛若'[1]的小师傅却走两国桥，莫非是将它与五条桥弄混了？"七兵卫笑道，"下谷内田师傅之子俊之助公子的英姿，恐怕连瞎子都认得。那晚在柳原偶遇时，在下已亲身领教过您的能耐了。当时我借提灯光亮窥伺一眼，便知您无论是身法还是手上功夫都非等闲之辈。您在外出修行之时顺便追查枪刺犯倒也没什么，但正因您前阵子如此敏捷地闪出轿子并以黑猫代之，

---

[1] 今牛若：引用源义经与武藏坊弁庆在五条大桥比武的传说。源义经幼名牛若丸，后世将身形较小但机敏伶俐之人称作"今牛若"。

惹得世人越发恐慌，着实让人为难。往后还请您高抬贵手，莫再开这样的玩笑了，那些胆小的家伙都吓得发抖呢。"

"原来你都知道了。"少年笑了起来，"不过，你究竟是谁？"

"在下捕吏七兵卫。"

"哦，怪不得你认得我。你去见过家父几次吧？"

"正是。关于枪刺一案，我曾向令尊讨教过几回。"

身着女装的少年果如七兵卫所料，是当时在下谷开设一家大练武场的剑术指导内田传十郎之子。今年夏季以来，枪刺案闹得沸沸扬扬。为了民众，也为了己身精进，有些血气方刚的年轻弟子每晚悄悄外出巡逻，意欲捉拿枪刺犯。如今已获"今牛若"之名的俊之助亦十分心动，便在征得父亲的许可之后，于上月底开始悄然外出。俊之助认为，其他弟子之所以至今未曾遇见敌人，是因他们昂首挺胸大摇大摆地走在大路中央。他利用自己还是未剃刘海儿的少年身份，打算乔装成女子诱惑敌人上钩，于是借了姐姐的衣服穿上，再用头巾裹住脸，在夜色的掩护下外出游荡，结果某日竟真在广德寺前遇刺了。当然，俊之助身手敏捷地躲过袭击并抢下了长枪，可惜对手逃得飞快，没能抓住。

年轻气盛的俊之助万般懊恼，决意摆对方一道以解心头之恨。那天，他出了家门便绞杀了一只黑色野猫，将尸体藏在怀中。接着计谋得逞，当凶徒的枪尖贯穿轿厢时，身手敏捷的俊之助逃至轿外，并将替身黑猫留在轿中。

"如此胡闹实在惭愧，还请你见谅。"俊之助坦白了一切。

"那天之后，您依旧每晚乔装出来巡逻吗？"七兵卫问。

"那日归家后，我得意扬扬地将此事告知父亲，结果惨遭痛斥。父亲责骂我为何如此胡闹，还说正是因我存心戏弄才会让凶犯逃走，严令我收敛玩心搜寻凶徒。我不敢怠慢，故而自那之后依旧每晚出门。兴许这几日都是月夜，这阵子总碰不上他。"

"辛苦您了，不过不必担心，凶犯是谁，我已心里有数。"

"哦，你知道了？"

此时似有悄声靠近的足音传来，二人立刻警惕地回身，只见一名壮汉手握闪着寒光的短刃，劈脸刺来。他似是冲着七兵卫而来，后者慌忙闪身躲过，此时俊之助飞快擒住凶徒右手，一使劲便将他撂倒在地。凶徒企图起身，转瞬间手臂已被七兵卫紧紧按住。

"所谓'飞蛾扑火'，说的就是这家伙，真是不自量力。"半七老人说，"一个剑术高手与一个捕吏正在交谈，即使认为他们疏于防范，大抵也不会有人真敢冲过去与他们较量。凶徒大约是偷听了两人的谈话，认为自身难保才发动袭击，实在太鲁莽了。那人果然是猎户作兵卫，枪刺案正是他犯下的。他年纪三十七八，没有左耳，据说是年轻时在甲州深山与熊搏斗时被咬掉了。之前就听说作兵卫脸上有一道大伤疤，嘴巴周边亦有歪斜的伤疤，是个面相凶恶、胡子拉碴的丑男。"

"那猎户为何要做那样的事？难道是疯了？"我问。

"大抵也算疯了吧。后来提审时，他回答问题干净利落，与常人无异。据本人招供，文化三年犯下枪刺案的是他的兄长作右卫门，当年侥幸未被人所知，如今人已经死了，算他运气好。作右卫门兄弟祖上历代皆是猎户，住在比甲州丹波山更深处的地方，听说连甲府[1]都未曾去过。文化二年岁暮，兄长作右卫门为了贩卖兽肉初次来到江户，在此待到第二年春季，心里忽然浮现出一个奇怪的念头。

他有生以来头一回来到江户这片繁华的广阔土地，见人人都穿得漂漂亮亮，起初他只觉得惊奇、恍惚，后来渐渐眼红……若仅是眼红也还好，

---

[1] 甲府：今山梨县甲府市。

谁知他妒意越发高昂，最终转变为一种又妒又恨的焦躁心态，只莫名觉得江户人实在可憎，让他不分对象只想杀之而后快。他是猎户，会打火枪，也会使长枪。于是他便找了处竹林削了根枪，于黑暗当中四处刺杀行人。他刺杀时真当对方与野猪、猿猴无异，不问身份来历、男女老少，逮着便刺，着实危险至极，令人想想便觉毛骨悚然。如此，他在江户很是放肆了一阵。之后他开始想念故乡，便在那年秋季逃回乡里，若无其事地继续生活。他当然不可能轻易将此事透露出去，但在醉酒时还是在地炉旁对弟弟说起过，因此作兵卫很清楚兄长的作为。

二十年后，兄长作右卫门在某年冬季不慎于雪地上滑倒，坠入深谷尸骨无存。家中只剩弟弟作兵卫一人，没有妻子，就此孤寡生活。此后，他也为了贩卖山货而初次来到江户。那时是文政八年五月左右。由于年轻时曾听兄长讲述过可怖之事，他本打算卖了东西便老实归乡，谁知来到江户后发现市镇熙熙攘攘，目之所及皆美丽非凡。他仿佛醉了酒，心境亦渐渐焦躁，最终成了第二个兄长。五月、六月两个月里，他与兄长一样扛着竹枪四处作案，后来终究回神，察觉自己做了恶事，便匆匆逃回了故乡。若就此偃旗息鼓，他大概也会如兄长一样逍遥法外。但他每次入山猎杀野猪、猿猴时，不知为何总会想起江户。最终他实在按捺不住，于九月又悄然回到江户。这对江户人来说简直是飞来横祸。但他这次不再走运，被七兵卫捉拿归案了。之前众人都怀疑枪刺犯是武士或浪人，是七兵卫先查出凶犯用的是竹枪，可谓大功一件。虽然中途还收了件黑猫礼物，事情被搅得复杂了些，但这确实像剑术师会玩的把戏。哈哈哈——作兵卫自然是游街示众后受了磔刑。"

"那两兄弟都是猎户吧？"我又问，"既然如此，他们在江户时如何赚钱呢？"

"这又是件奇事。"老人说明道，"兄长也好，弟弟也好，都是赌博好手。若有人当他们是甲州深山里出来的猴子，不将他们放在眼里，最后反倒会在他们手上输个精光。当然众人赌得不大，再赢也赢不了多少钱。但兄弟二人都极度节俭，整天窝在小客栈中无所事事，只要解决了三餐，在江户生活也没多大开销。等到了无月的暗夜，他们便扛着竹枪出去转悠，着实是凶恶之徒。兄弟俩都成了这般脾性，时人纷纷议论，都道是平素杀生的果报，也不知真相究竟如何。是这种狂人气质继承自血脉，还是两人平素便与熊狼之辈打交道，自然而然成了好杀伐之人？抑或是他们自孤寂的深山突然来到多姿多彩的江户，心性有了奇特的转变？若是今时今日，应该会有众多学者仔细为我们解答。但在那个时代，大多数人都会很快认定其为杀生果报或前世因果。"

04

父亲的秘密

一

"咱们以前曾在向岛[1] 约好了吧?"

"约好……约好什么?"半七老人笑着歪头道。

"就是您在向岛说的,有关河童和蛇的侦探故事。请您务必讲讲。"

"河童……哦,那事啊。你记性可真好。那都是去年的事了吧?还是在去年樱花季——你可真如那安倍保名[2] 一般思之如狂哪!既然你记得

---

[1] 向岛:旧江户向岛区域,位于浅草寺东边隅田川对岸。今东京都墨田区向岛地区。

[2] 安倍保名:歌舞伎清元舞蹈《保名》中的主人公。该作为清元代表作,筱田金治作词,初世清元斋兵卫(清泽万吉)作曲,二世藤间勘十郎(藤间大助)编舞,是根据净琉璃《芦屋道满大内鉴》第二段"小袖物狂"中,安倍保名悲恸于恋人榊的死,最终发狂,抱着她的遗物在郊野徘徊的场面创作而成。

那么清楚，我自然拗不过你。好好好，我说，我说还不行吗？瞧瞧如今这场面，好像拿捕棍的是你一样。哈哈哈——好啦，不开玩笑啦，咱们说故事吧。如你所知，两国桥的纳凉烟火会定于每年五月二十八日举行[1]，但庆应元年（1865）五月却没有放烟花，因为这时期时局动荡，江户已是强弩之末。"

老人露出怀念往事的神情，将故事娓娓道来。

"故事便发生在某年的五月二十八日午后，若是往年，我必须带着小卒们在两国桥一带巡逻警戒，但今年不办纳凉烟火会，我偷得半日闲，正躺在神田家中休息，突然一名女子冲了进来。"

女子抱着半七的妻子阿仙泣诉了些什么。过了一阵，阿仙便带着她膝行来到半七枕边。半七

---

[1] 江户时代将自旧历五月二十八日起的三个月时间视为日暮时至户外纳凉的时节。江户人民在此时节通常会乘船或是在河边看台上纳凉，故称为"川凉"。每年川凉时节开始时，会在向两国燃放烟花以示庆祝。

起身一看，来者竟是柳桥艺伎阿照的义妹[1]，名唤阿浪。阿浪芳龄十八，长得清秀标致。

"哎呀，浦岛太郎还在午睡，乙姬公主就飘然而至啦[2]。"半七揉着惺忪的睡眼笑道，"听说今年也不办烟火会了，不景气呀。这世道真是越来越糟了。今日终究是个特殊日子，茶摊和租船行总还有些忙碌吧？"

说着，半七仔细一看，见眼前这位柳桥艺伎虽端正漂亮地绾着岛田髻，脸上却未抹白粉，本就有些外凸的眼眶之上，眼皮更是哭肿了。今日虽不放烟火，毕竟是河上纳凉的第一天，但她只

---

[1] 此处指与艺伎姐妹相称，跟随艺伎学习技艺、待客之道的见习艺伎。

[2] 说的是日本神话中浦岛太郎的故事。渔夫浦岛太郎某日救了一只海龟，海龟为了报恩，带他前往龙宫参观。在此期间，浦岛太郎受到龙女乙姬等人的热情招待。临别时，乙姬赠浦岛太郎一方玉匣，嘱咐他无论发生什么都绝不能打开。浦岛太郎回到岸边，发现村子面目全非，熟人尽皆不见。一问路边老翁，才知人间已过数百年。绝望的浦岛太郎忘记忠告打开玉匣，只见里面腾起烟雾，浦岛太郎立刻变成了一个老人。

穿着平日居家的浴衣就从家中飞奔出来。

"怎么了？难道与你阿姊吵架了？我听外头在传她有了情郎，你可是因此与她有了摩擦？若要我解决此事，你可就找错人喽？"半七打趣地瞅着对方的脸说，但阿浪并没有展露笑容。

"不，事情没那么简单。"阿仙也皱着眉头说道，"阿浪方才跑来和我哭诉，说她阿姊被警备所扣下了，也不知到底出了什么事。"

"你阿姊被警备所抓了？"半七闻言，手中团扇一顿，"莫非是去为客人做证？"

"头儿您还不知此事？"阿浪擦着眼泪问道。

"一无所知。难道是你家里出了事？"

"阿父今早被杀了。"

据阿浪说，今晨六刻（早上六时）未到，有人轻轻叩响阿照家的门。艺伎家起得晚，此时睡在厨房边三叠房内的婢女阿泷刚刚起床，正在卸蚊帐。阿泷听见敲门声，立刻便想往前门去。睡在六叠起居室中的阿照之父新兵卫慌忙在蚊帐中叫住她，低声斥道不能出去，不能开门。被斥的

161

阿泷正迟疑中，外头的敲门声停了。正这么想着，突然有什么东西自后门跳了进来。由于阿泷一起床便拉开了厨房后门，来历不明的闯入者由此一个猛子冲进昏暗家中，耗子一般钻进了新兵卫的蚊帐。年纪尚轻的阿泷目瞪口呆，只见那东西很快便从蚊帐中钻出，又从后门跑了。刚刚起身，还在半睡半醒中的阿泷还未能反应过来究竟发生了什么。她做梦一般呆立了一阵，心里莫名涌上些不安，便去起居室朝蚊帐中窥探了一眼，谁知竟看见新兵卫的寝衣渗出一摊鲜血。

阿泷吓得差点瘫软在地，连忙往二楼奔去。二楼新兵卫的女儿阿照与义妹阿浪正睡在同一顶蚊帐里。阿泷连忙叫醒二人。二人闻讯也吓了一跳，下楼一看，新兵卫已被刀刃割破喉咙气绝身亡了。三人齐声大哭了起来。整个晚起的艺伎町都被这场骚乱惊动，附近邻居纷纷聚集过来。町差役按例呈报有人横死的消息，与力、同心也赶过来探查。

新兵卫是被谁杀的，怎么死的，人证只有婢

162

女阿泷。但她年仅十七，当时半睡半醒又惊慌失措，自然半点不知详情。根据她在警备所的证言，凶犯是个低矮似孩童的怪物，脸上与身上都一片漆黑，恐怕没穿衣服，行路时又走又爬。除此之外，她便什么都不记得了。然而如此怪异且模棱两可的证言，办案的差役压根不相信。于是，阿泷便被拘在了警备所中。

阿照和阿浪自然也接受了审问。差役认为阿浪没有问题，便将她先行释放。但阿照因供词似有可疑之处，亦被拘在了警备所中。走完这些流程，时辰已近午时。当月的轮值管事[1]及附近居

---

[1] 轮值管事：江户时代町政职务，以五位町中地主、房东为一组，各组每月轮流在警备所中管理町政事务。江户时代，负责江户市整体町政的是町奉行所，所中差役均为士人。町奉行所下设数名町年寄，统领江户市中全体町差役；町年寄下设町名主，统领各町政事；町名主统领一町中的地主、房东，其下便是受管束的町人。全体地主、房东则又分组形成轮值管事负责具体行政，未设町名主的町也以轮值管事代理町名主事务。町年寄、町名主及地主、房东实际都是有行政权的平民，亦即町人身份，并非士人。

民聚在阿照家中磋商评议，但眼下大家都云里雾里。最终，众人认为如今只能仰仗捕吏帮忙。幸好阿照、阿浪都认识半七，阿浪这才连衣裳都没换就跑来了半七家。

"我竟半点也没听说这事，着实对不起手上的捕棍。"半七有些吃惊，"简单来说，是有怪异之物闯进了家中？是状似孩童、全身漆黑的东西？"

"阿浼是这么说的。"阿浪也露出纳罕的神情。

"会不会是猴子？"阿仙插嘴道。

半七思索半晌。猴戏棚里的猴子撞响防火警钟惊扰世人的案子，半七如今还记忆犹新。但猿猴持刀杀人之事，半七不知虚构故事中有没有，但现实中鲜少发生。

"话说回来，你阿姊为何会被扣下？难道是嘴巴笨供得不好？"

"大约是了。一听自己要被扣下，阿姊便脸色苍白地沉默不语了。"

"他们究竟问了你阿姊什么？你也一起去的

警备所，应该知道吧？"

对此，阿浪给不出像样的回答。她拨弄着阿仙给她的团扇，一声不吭地低着头。

"喂，不将一切坦诚相告可不行，你阿姊能否得救可都在你一句话，我希望你不要隐瞒，将事情都说出来。你阿姊最近与阿父处得不太好吧？"

"是，这阵子时常吵架。"阿浪无奈坦白道。

"是因为情郎的事？"

"不，不是。"

"你阿姊跟了米泽町[1]旧衣铺的二儿子吧？"

"的确如此，但吵架并非为了这事。阿父说想离开柳桥，搬到沼津[2]、骏府[3]等远方地界去，

---

[1] 米泽町：今东京都中央区东日本桥一、二丁目。东临两国广小路，南临面药研堀。

[2] 沼津：骏河国骏东郡，藩厅是沼津城，藩领大致为今静冈县沼津市。沼津同时为东海道第十二个宿场町，位于今静冈县沼津市大手町一带。

[3] 骏府：律令时代为骏河国的国府，江户时代设藩后又撤藩改为幕府直辖领。明治后改名静冈藩，后于明治四年废藩置县，成为静冈县。

阿姊不情愿……"

"那自然不情愿。"半七点头,"可你家阿父为何突然有了这样的怪想法?总有原因吧?"

"这我也不知,阿父只是一个劲说这地方没意思……所以常常与阿姊吵架。我虽夹在中间左右为难,但也想不通阿父为何想搬迁,故而也说不准是好是坏。"

"这就怪了。这么说,你阿父在这当口被杀,你阿姊……应当不会是凶犯,但差役们认为她兴许与凶犯有关吧?倒也合情合理,换作我也会先做此想。那旧衣铺的二儿子遭传唤了吗?"

"遣人去传了,但他昨晚外出,如今似乎还未归家。"

"那二儿子叫什么来着?"

"是阿定大哥。"

"是了,叫定次郎。定次郎昨夜就没回家?"

半七抱起双臂。父亲新兵卫不知什么缘故要迁往他乡。女儿阿照不愿离开江户,也不愿与情郎别离,因此坚称绝不搬家。于是,父女俩时常爆发争执。最后新兵卫在睡梦中遇袭，惨遭杀害。如此推演下来，此案或是男女同谋，或是男方孤注一掷。不论哪种情况，众人眼中都会闪过暗影，认为凶手很可能是定次郎。阿照正是因不肯说出实情才被扣留在警备所中。半七眼下也无法判断凶手到底是谁。

眼下还有一个问题：新兵卫为何决意离开住惯了的柳桥，搬到遥远的沼津、骏府去？半七很想弄清其中的缘由。

二

"你与你阿父、阿姊住在同一屋檐下，应该知道所有情况。你家阿父是否曾遭人怨恨？"半七又问。

阿浪坚定地回答，以前的事她不知，但眼下必定没有。她说，街坊邻里都知道阿父是个正直、热心之人。比如，他每月四日必会前往两国桥守桥人的值屋放生鳗鱼[1]，平日也会参拜神社、寺院。此外，他不赌博，不酗酒，是作风板正的大好人，与他的营生一点也不搭调。若有人怨恨阿父，那只能是无理取闹，或是有人误会了阿父。可从今日阿父被害的情形看，对方好似并非为了财物，

---

[1] 江户人笃信放生鳗鱼能积累来世福德。当时的守桥人会兼职出售鳗鱼给人放生，以赚取额外收入。

168

而是仇杀。阿浪说，自己着实想不通。

"既然你阿父是这样一个大善人，又没做出不容于此地的歹事，为何执意拉着好不容易开始叫座的女儿，缩到那种穷乡僻壤去？你们当真一点头绪都没有？"

"当真没有。"阿浪依然摇头，"不过，有次曾发生过这样的事。虽然不是我亲眼所见，但听阿泷说，上月初的某日傍晚，一位云游僧站在我家门前敲钲[1]化缘。此时阿父正好自外头归来，看见那云游僧似乎吓了一跳。接着两人站着小声聊了一阵后，阿父给了云游僧一些钱。此日之后，那云游僧便时不时于黄昏来访，听说有次还除履入屋，被招待至起居室了。我们那时通常已出门待客去了，故而不清楚详情。好像是自那云游僧来了以后，阿父才开始说要搬去乡下……"

"哦，竟还发生过这种事。"

半七眼睛骨碌一转，一个广受称道的大善

---

[1] 钲：钲鼓，金属制盘状乐器，佛具之一。

人与一个有些古怪的云游僧，这两者之间究竟有什么关系？半七里里外外思量了一番，最终问阿浪：

"我记得你家阿父身上有刺青吧？"

"是。两只胳膊上有刺青。"

"文了什么图案？"

"阿父说那是他年轻爱玩时文的，见不得人，因此平日都尽量藏着，我们也没仔细见过。似乎左手臂上是枫叶，右手臂上是樱花。"

"背上没文刺青？"

"背上是白花花一片。"

"你阿父多大年纪了？"

"应该有五十九了。"

"你阿姊应该是他抱养的。你阿父本人不是江户人吧？"

"好像是信州 [1] 那边的人，阿姊也不太清楚。

---

[1] 信州：信浓国的别称，属东山道，其领域大约为现在的长野县，位于日本本州岛中部。

他时不时会提起善光寺[1]如来，我想应该是信州人……"

能打听的大抵都打听完了，半七便让阿浪先回去，说自己之后会上门一趟，让阿浪先回家中静候。阿浪再三嘱托半七后便离开了。

"阿仙，我要出门一趟，帮我拿身衣服。我说怎么有些闷热，原来天有些阴下来了。"

半七做好准备后刚一踏出门，正好遇见小卒幸次郎。

"头儿，柳桥那事您听说了吗？"

"刚刚才听说，真是没面子。不管怎么说，你来得正好，陪我去一趟柳桥阿照家。"

"是。"

两人立即前往柳桥。阿照家聚满了附近的邻居，闹哄哄的。半七将迫不及待迎出来的阿浪叫

---

[1] 善光寺：信州善光寺，位于今长野县长野市元善町，创建于皇极天皇三年（644），其中供奉的阿弥陀如来、观音菩萨以及大势至菩萨称为"善光寺阿弥陀三尊"，据传为日本最古老的佛像。

至隐蔽处，问她后来是否注意到什么奇怪之处。阿浪说没什么奇怪之处，只是不久前旧衣铺的儿子过来，一听说阿照被拘在警备所，就面色苍白地走了。

"那旧衣铺的儿子很不对劲呀？不如别管那么多，先把他绑了吧？"幸次郎低声说。

"再等等，我原本也这么想，但那是次要的，还有更重要的地方要追查。眼下还是不要闹出太大动静，以免打草惊蛇。"

半七走进屋内，问婢女阿泷去哪儿了。对方说，她今早被带往警备所后，便留在了那里。阿照自然也还未回来。新兵卫的尸首已然验完，眼下正停放在六叠起居室内。如今这天气，尸首也不能一直停在屋中，因此若阿照迟迟回不来，那就必须召集近邻，先设法把丧事办了。半七也检视了一番死者的伤口，认为他应是被剃刀之类的刀刃割喉而亡。

接着，半七绕到后门调查怪物闯门的路线，发现厨房柱子上似乎隐约有个黑色小手印。半七

172

取出手纸仔细擦拭，悄悄递给身旁的幸次郎看。

"你看这是什么？"

"像锅烟子。"

"向两国扮河童的杂戏棚有几家？"

"河童……"幸次郎思忖道，"应该只有一家。"

"那就好办了。"半七微笑着说，"你去那棚屋，把那里的河童给我抓来。不过眼下时候还有些早，妨碍他们做生意有些不厚道。再过一会儿太阳就该落山了，等杂戏棚散场，你立刻将那河童抓来。"

幸次郎应下差事走了。半七返回起居室，让阿浪自佛龛取出灵簿[1]翻看，发现每月四日均会出现"释寂幽信士"这一法名。新兵卫每月去两国河边放生鳗鱼的日子也是四日。半七认为，这位在四日往生的亡灵一定与新兵卫有特别的关系。半七问阿浪，这位亡灵是家中何人。阿浪说

---

[1] 灵簿：记载死者俗名、法名和生卒年月日的名册。

不知，但这位故人似乎对这个家来说十分重要，新兵卫每逢四日便会亲自向佛龛供灯念经。

"你阿父前阵子可曾出门去过别处？"

"不曾。他本身便不喜出行，这阵子更是完全闭门不出，就在屋里坐着，好似怕碰上什么人。"阿浪说。

半七觉得自己的推测已渐渐接近真相。他再次检视新兵卫的尸体，这回看清了他左上臂上文的枫叶，并在墨蓝叶片下发现了受过墨刑的痕迹。半七立刻明白，新兵卫有着作奸犯科的阴暗过往，手臂上的刺青是为了掩盖墨刑的痕迹。他为自己犯下的罪过感到懊悔，因而痛改前非，成了一名热心肠的大善人，每月放生鳗鱼也是为了赎罪。半七心忖，他的罪过想必与这位每月四日受供奉的故人有关。然而，如何才能查清这位故人的身份？半七也毫无头绪。

此时，浅草传来了七刻（下午四时）钟声。半七打算先离开此地，绕去向两国看看幸次郎的情况。他与在场众人打过招呼后走出门去，只见阴沉的空中突然划过紫光。半七只觉眼前一闪，豆大的雨点已落了下来。半七咂了一下嘴，只好返回屋内。

"这雨终于下起来了。"

"只是场傍晚骤雨，应该不久就会停的。"阿浪边关前门边说。

半七无奈，只好又回起居室坐着。又一道闪电劈下，雷声自远空滚滚而来。骤雨霎时而至，雨沫吹进屋中，在场众人也帮忙关闭门窗。屋内，线香打着转儿腾起一缕细细的白烟，半七忍着令人几近窒息的闷热，摇着扇子静待雨停。不久，倾盆大雨渐渐转为绵绵细雨。半七婉拒阿浪递来的伞，走出门去。他取出头巾裹在头上，撩起衣裳下摆别好，又蹦又跳地避过泥泞，走过两国桥。

对岸的杂戏棚屋大多已经散场。方才的骤雨将行人都赶回家去了，湿淋淋的草棚前一个人也没有。半七向对面凉粉铺的阿婆打听杂戏棚，按她说的方位来到杂戏棚前抬眼一看，只见棚屋上挂着块绘画招牌，上头画了这样一幕情景：一名状似白藤源太[1] 的相扑力士经过栽满柳树的堤坝旁，一只河童自河中跃出，张开双臂拦住力士去路。

当时，向两国有许多展示各种妖怪和畸人的杂戏棚屋，河童亦是被展示的妖怪之一。戏棚开场总说什么这些河童是从葛西源兵卫堀生擒的，又或是从筑后[2] 的柳川[3] 带来的之类骗小孩的说辞，但大多数观客都知道那些河童的底细。找个十三四岁的男孩剃成河童头，用锅烟子将他们的脸和手脚涂得乌黑，再让他们张开大嘴吐出

---

[1] 白藤源太：传说中的相扑力士，据说河童曾于夏柳下将他拦下竞力，却被他一掷毙命。其最初出现于民谣中，后来被吸收进歌舞伎、净琉璃、话本等艺术形式中。

[2] 筑后：筑后国，日本古代令制国之一，属西海道，领域大约为今福冈县南部。令制国是古代日本基于律令制所设的地方行政机关，其正式实施的时间可追溯至飞鸟时代的近江令，进入平安时代时已名存实亡，只作为地理区划名词使用，直到明治维新时才正式废除。

[3] 柳川：今福冈县柳川市。在日本民间传说中，支配九州的河童王住在柳川，各地河童每年要向其供奉人类肝脏。

红舌，发出嘎啦嘎啦的奇怪叫声。尽管是如此简陋的表演，却有不少观众被所谓的河童吸引，甘愿掏出八文钱进场观看。半七根据阿照家厨房柱子上的锅烟子手印判断，杀害新兵卫的凶手是扮河童的小孩。棚屋大门已然关闭，半七便绕至后门。后台的人也已回家，只剩一位守门大爷正在收拾物什。

"喂，六助大爷，原来你来这儿做事啦？"

"哟，这不是头儿嘛，许久不见啦。"守门大爷六助慌忙打招呼道。

"怎么不在妖怪棚屋那边干了？"

"那棚子风气不好，总搞一些违法乱纪的消遣……"

"大爷，你也不怎么讨厌那些消遣吧。话说，你看到我家幸次郎了吗？"

"看到了，还搞得棚屋的人很担心呢。"

"他把河童带走了？"

"对，说是很快就放他回来……可河童不肯老实跟他走。他就又哄又骗，强行把他拉走了。"

"那河童几岁，叫什么？"

"本名叫长吉，十五岁。"

"从哪儿捡来的？有父母吗？"

"听说是这戏班子四五年前去信州善光寺宿场[1]表演时带回来的。如您所料，他没有父母。他阿母死后，他便露宿街头，后来被戏班子捡回来了……其实我也太不清楚详情，只听说是这样的。"

"他也没父亲？"

"是。据说他出生后不久，父亲就死了。"

"是横死？"半七立刻问。

"您知道得真清楚……这话不能大声嚷嚷，听说他阿父是做了坏事被行刑了……"

"唔，原来如此。这阵子可有人来找河童？"

六助思索片刻，接着似是想起来了，他点

---

[1] 宿场：江户时期北国街道上的宿场之一。北国街道，江户时代连接北陆道与中山道的街道，用于将佐渡的金子运入江户补充幕府财政，同时也方便前往拜谒善光寺，故而被视为五街道之外最重要的街道。

头道:

"有，有。是个巡游各地的云游僧打扮的男人……"

三

　　六助知晓半七身份，故而对半七的提问知无不言。那云游僧年约四十，瘦高身材，眼神有些可怕，自称是长吉的叔父。六助说，他俩长得确实有几分像，想必云游僧所言非虚。那云游僧昨日穿着普通浴衣，忽然来后台找长吉，说要请他吃鳗鱼，然后不知将他带去了何处。

　　"你可知他眼下住哪儿？"

　　"好像在下谷一带，但不知道旅店名称。"

　　除此之外的事，六助似是一概不知了，半七便就此打住，出了棚屋。话说回来，原来幸次郎已将河童带走了。半七心忖幸次郎应是将河童带去了附近的警备所，便过去相寻，谁知并未看见幸次郎的身影。以防万一，半七还是进去打听了一下，只听警备所的头领惭愧地回答：

"其实因为这事，幸次郎大骂了我们一顿……实在抱歉。"

"发生什么事了？"

"河童逃走了。"警备所头领擦着冷汗道，正好在场的町门看守也低头缩成一团。

河童逃脱的来龙去脉如下：

幸次郎从杂戏棚抓来河童，押至警备所看管。警备所内一般配有一间六叠左右的地板房用作拘留室，室内有粗柱子，可以用绳子将犯人绑于其上，防止他们逃脱。看守将河童绑上柱子后，外头忽降骤雨，于是他慌忙跑回了家中。所中其他人也吃了一惊，赶忙收东西去了。有人去收外头的鞋履，有人关闭后门，于是河童便趁众人忙乱之际挣开绳子逃走了。当然，有人发现了河童逃走的背影，只可惜这河童身轻如燕，飞也似的往吾妻桥方向逃去。此时，幸次郎回来了。

他去了柳桥迎接半七，中途被骤雨所困，只得在附近人家的屋檐下躲雨，待雨势减小后去阿照家一打听，才知自己不知在哪里与半七错过了，后者已经离开。幸次郎立刻返回，一到警备所便得知河童逃了，难怪他会勃然大怒。幸次郎怒不可遏，不由分说地将在场之人骂了个狗血淋头，接着立即出门追赶河童。

"这事的确办得糊涂。你们自己出的纰漏，怎么挨骂都活该受着。"半七听罢也皱起了眉头。

"头儿，实在抱歉。"

如今再怎么道歉都于事无补，与其在此骂骂咧咧，不如与幸次郎一起早日寻出河童下落。思及此，半七脱下草鞋寄放在警备所，赤脚奔了出去。虽无具体目标，但因河童是往吾妻桥方向逃的，半七便沿着河岸赶路。

光一股脑儿向前跑也无济于事，他便沿途向人描述小孩模样，打听河童消息。待半七问到一家杂货铺时，店家说方才下大雨时，一个全身漆黑的小男孩冲进铺子，抢了个挂在铺前的斗笠就跑了。一听那小子戴上斗笠往小梅[1]方向去了，

---

[1] 小梅：向岛小梅村，今东京都墨田区向岛一至三丁目、押上一至二丁目。此处原称"小梅原"，拥有众多梅树，原是赏梅名所。

半七急忙往向岛方向赶去。

雨已经停了，但栽满樱树的河堤上很暗。半七在水户藩主别宅门前遇见了无精打采返回的幸次郎。

"怎么，没追上？"

"警备所那个疝气混账，给我捅了这么大一个娄子，简直是个废物。"幸次郎恨恨地说，"听说那小子往这边来了，可就是找不着。头儿，怎么办？"

"我也没法子。"半七叹息道，"他毕竟还是个小鬼，不可能穿上草鞋远走高飞，迟早会再钻出来的。眼下肚子饿了，先找家荞麦面铺吧。"

两人下了河堤，寻找食铺。两人瞧见一家挂着蚬子招牌的小饭馆，被店里的伙计引入里侧小包房吃晚饭。栽满胡枝子的院子已完全暗了下来，庭院和包房都被蚊子的嗡嗡声占领。

"天都黑了，也不赶紧过来熏蚊子。在这村里做生意却连这点机灵劲都没有，不像话，难怪生意做不大！"

窝了一肚子火的幸次郎不停地啪啪鸣掌，怒吼着让人快来熏蚊子。女侍搬来熏蚊工具，频频道歉。

"客人见谅，方才在前面听人家讲鬼怪故事呢，不小心忘了。"

"哦，鬼怪故事……莫非说的是你亲戚？"

"别胡闹。"半七笑道，"这位大姐，请你见谅，这小子有些喝醉了。你们刚才说鬼怪怎么了？难道这家里闹鬼？"

"哎呀，您真会说笑……是我家老板说方才在河堤上见到了，还说绝不会有假，是真的出现了，瞧着像是河童……"

"什么？河童？"幸次郎严肃起来。

半七让女侍叫老板过来一趟。来者是一名四十五六岁的男子，他在门槛外以手扶地行礼道：

"请问两位找我有何事？"

"也不是别的事，听说你刚才在河堤上看见了怪物？是什么怪物？"

"究竟是什么呢……我瞧见时吓了一跳。对

方是武家人，大概不怕。若换作我这样的胆小鬼，兴许早就吓得头晕目眩了。"

"我听说是河童，是真的吗？"半七又问。

"那武家人说大概是河童。事情是这样的。我有事前往业平[1]，归途经过水户藩主别宅后再往这边走了一段。当时河堤上已经很昏暗了，我瞧见前面走着一位武家人，他身前不远处还有一个年纪十四五岁、头戴斗笠的男孩。"

"那男孩穿没穿衣裳？"

"当时天暗，我看不太清，但他好像穿了一件黑乎乎的单衣。那男孩的衣裳下摆拖在雨后难走的泥泞路上，光着脚吧唧吧唧走着。那武家人在背后叫住他——那武家人好像喝醉了——在背后对男孩说：'喂、喂，小子，你为何穿得如此邋遢？把下摆卷上去，昂首挺胸地走！'那男孩似是没听见，还是一声不吭地吧唧吧唧往前走。武

---

[1] 今东京都墨田区本所吾妻桥三丁目、东驹形四丁目一带在江户时期为小梅代地町，由于町内北侧曾有业平天神社，当时俗称"业平前"或"业平町"。

家人好像急了，几步赶上去，挨着男孩说：'小子，你得这样走！'说着一把将他的衣裳下摆掀了上去，结果……那男孩的屁股上竟露出两个闪闪发亮的银色眼珠……我吓得一下顿住脚步。只见那武家人立即拎着男孩的后脖颈将他甩下河堤，哈哈大笑说是河童，然后快步走开了。我忽然一阵害怕，便急忙逃回了家。"

半七与幸次郎对视一眼。

"那怪物被甩到河堤哪侧了？"

"靠河那侧。"

"原来如此，大千世界无奇不有啊。"

两人付了钱，匆匆出了铺子。

四

"头儿，那怪物就是河童吧？"幸次郎低声说。

"不会有错，一定是那河童。"

粗枝大叶的武士或许以为那真是河童，但半七认为，那一定是河童打扮的长吉。两国桥的河童演员会在涂得漆黑的屁股两侧分别贴一张银色圆纸和一张金色圆纸，扮作大眼珠，然后将屁股对着观客趴在地上四处爬。这正是表演节目之一。醉酒的武士和胆小的食铺老板在昏暗的天色下或许会被屁股上的眼珠所惊，但在半七看来，屁股会发光反而证明了那并非真正的怪物。

"总之，咱们赶紧去河堤下看看吧。"

两人找到食铺老板所说的大致位置，走下

隅田川沿岸堤坝，发现有个黑漆漆的东西正夹在河岸与河桩之间。幸次郎立即将那东西拉上来一看，果然是河童长吉。他受了武士一记猛摔，大概是肚子撞上了树根或河里的桩子，一脚泡在水中，已然奄奄一息。幸运的是，他被河桩卡住了，否则他兴许早已被江水裹挟，远远冲至下游了。

"应该不是真的死了，你先把他背上去。"半七说。

幸次郎背着河童爬上堤坝。半七领着他们回到方才用餐的食铺，惊得铺里的人都乱成了一团。受好奇心的驱使，女侍们都跑来偷瞧。

"喂，老板，对不住，劳您帮我收拾一下这河童。眼下他全身是泥，没法带进包房。"

在半七的指示下，店里的伙计提了桶清水来。知晓河童真身后，老板忽然也胆大了起来。他与女侍一起将河童的脸和手脚洗干净，看见河童屁股上的银纸时忍不住大笑了起来。半七早已习惯救助伤患，他将河童扛入里侧小包间进行救治。最终，长吉苏醒了。半七又喂他喝药，给他喝水。

"喂，河童，振作些，恢复人样了吗？这里虽是食铺包房，但审问你的可是捕吏半七。眼下和你在后台舔糖棒时可不一样，你想清楚再回答。你今早潜入柳桥艺伎家中，用剃刀杀了她家阿父吧？别想抵赖。我亲眼见到厨房柱子上留下了你的手印！来，老实招供吧。再说了，若你问心无愧，为何要从警备所逃跑？中途还抢了个斗笠是吧？说吧，证据已经齐了，莫非你还不肯认罪？"

对方还是孩子，被半七厉眼一瞪便抵挡不住认了罪。他老实坦白，正是自己在叔父长平的唆使下，杀害了阿照的父亲新兵卫。

"你为什么想杀新兵卫？难道你叔父与新兵卫有旧怨？"

"新兵卫是我的杀父仇人，我成功为我阿父报了仇！"河童那锅烟子还未擦净的黑脸上双目圆睁，昂首挺胸地说。

"报仇……真的吗？"半七有些意外。当继续听下去后发现，此次事件确实可以说是复仇。

长吉的父亲叫长左卫门，住在信州善光寺附近乡间。阿照的父亲新兵卫以前名叫新吉，与长左卫门同村。两人皆是当地臭名昭著的恶棍。十三年前，两人共谋闯入邻村一位大财主家，残忍地杀害了家主夫妇及两人的女儿。在官府的严厉追查之下，新兵卫跑到当地差役面前，密告凶手是长左卫门。那差役似也察觉到了新兵卫是共犯，但因他密告有功，便默许他离开当地。新兵卫立刻逃离了家乡。长左卫门遭拘捕，并被处以磔刑。

新兵卫则通过出卖友人保全了自己。此事虽也传入了长左卫门的遗属耳中，但因他是得了差役的默许而逃走，事到如今已无可奈何。长左卫门的妻子怨愤滔天，临死还在诅咒那出卖友人的不义之徒。长左卫门有个弟弟叫长平，这人与兄长一样，也是个恶棍。兄长伏法时，他正在邻国越后一带徘徊，闻讯之后赶回故乡，得知新兵卫背叛友人的始末后，他虽愤怒至极，但因自己也不是好人，没有立场公然抗议，只好饮恨吞声，再度离开故里。

十余年后，长平回到阔别许久的故乡，发现兄嫂已然去世，听说侄子长吉也被卖去了向两国当河童。长平一而再再而三地目睹家人的遭遇，心下也觉怅然，便决定重新做人，成为六十六部云游僧，抄写佛经并送至全国六十六灵场供养[1]，为兄长与自己赎罪。他背上供有佛像的沉重背箱，手拿锡杖，踏着信州的雪走上了中山道[2]。今年樱花将谢的三月中旬，他巡游诸国后来到江户，暂时落脚下谷一带的廉价旅店，每日游走于江户的各个角落。

---

[1] 即"六十六部回国圣"，指抄写六十六部法华经，将其携带着巡游日本全国六十六个令制国，在每个令制国探访一处灵场并供养一部法华经的佛教巡礼行为。这样的僧人被称为"六十六部"，简称"六部"。灵场，指宗教上的灵验场所，均为日本历史悠久的神社、古刹。

[2] 中山道：江户五街道之一，是从江户经内陆前往京都的道路。

逗留江户的这两个多月间，他几乎同时遇见了仇人与家人。仇人便是阿照的父亲，往日的新吉已改名新兵卫，在柳桥经营艺伎馆。而侄子长吉果然成了河童，在向两国的杂戏棚屋抛头露面。长平见到了侄子，也偶然遇见了新兵卫。

新兵卫宛如脱胎换骨一般成了大善人，一见故友的弟弟便再三谢罪。他说他一直在为当年被自己害死的财主一家祈冥福。同时，由于长左卫门就刑的日期是二月四日，自己便在每月四日放生鳗鱼为长左卫门做功德，从无怠慢。他还说自己去某座寺里为长左卫门请了法名，供奉在佛龛内。长平也已改过自新，无法再一味苛责眼前这个已经洗心革面、弃恶从善的人，于是便对新兵卫说，自己决定原谅他。新兵卫大喜过望，当下给了长平二十两金子，说只是一些随喜布施。

然而，便是这二十两金子给两人带来了灾祸。久未见过如此巨款的云游僧长平立刻置办了新衣，当晚便去吉原眠花宿柳。以此为开端，他那令人钦佩的殊胜秉性逐渐开始瓦解，这位六十六部云游僧又变回昔日的长平，时不时去向新兵卫讨要钱财，最后甚至不满足于钱财，见新兵卫的养女阿照生得美貌，竟恬不知耻地提出了无理要求。长平贪得无厌，新兵卫忍无可忍，最终断然拒绝。于是长平也脱下羊皮，显露出狼子野心。他唆使侄子为父报仇。

"这是结合河童长吉和叔父长平两人的口供拼凑出的事件真相。长吉遭叔父利用，一心想为父报仇，这才犯下杀业。"半七老人说明道，"也就是说，新兵卫已经彻底弃恶从善，但长平的灵魂还未真正成为善人，一经诱惑便会立刻退转，最终犯下了如此案件。"

"长平肯定被抓了吧？"我问。

"听了河童的供词后，我们大抵能猜到长平下一步会干什么，于是每晚潜伏在阿照家附近。新兵卫头七刚过的第二日夜里，长平果然怀揣匕首闯入家中威胁阿浪，也不知他是何居心。此时，我们立刻冲入屋中将他拿下。长平自然是死罪。

至于长吉，他还是个孩子，加之他杀人只是为了替父亲报仇，因而上面的人网开一面，只判了他流放孤岛。若这是虚构故事，恐怕要把女儿、艺伎和她的情郎定次郎都怀疑一遍，绘声绘色地写出一本有趣的侦探小说来。可惜呀，现实没那么多巧合，哈哈哈——若说在这个案子里，我有什么值得自夸之处，恐怕就是我自一开始就没把目光聚焦在艺伎与情郎的艳闻上，坚定地认为应该是阿照那位善人父亲本身沾的因果。新兵卫手臂上有墨刑刺青，想必他从前做了不少恶事，好不容易改过自新，却又成了这样，实在可怜。你问摔伤河童的那名武士？最终也没弄清他是谁。那位武士或许会沾沾自喜地向人吹嘘一生，说自己曾在向岛击败了河童吧。当时的向岛真的与如今完全不同。我以前也说过，以前的向岛有貉子，有狐狸，有水獭捣乱，甚至还有河童出没。"

"也有蛇吧？"

"蛇……行了，不用拐弯抹角地暗示了。这个故事我也顺便与你说了吧。但我要先提醒一句，蛇的故事里有些不甚清晰的地方，你若不介意便听我说吧。故事发生在向岛别庄。用如今的话说，便是我推开了那扇秘密之门……"

05

向島別庄

一

　　庆应二年（1866）夏季，天气怪得很。四月本该换季更衣 [1] 了，结果不穿棉衣便冷得发抖。到了六月还冷得很，五月雨 [2] 下到六月，每天淅淅沥沥地飘着雾霭一般的蒙蒙细雨。透着凉意的日子一天接着一天，半七似乎小染风寒，揉着发胀的额角悒悒不乐地坐在长火盆前。此时，町中生药铺老板平兵卫来了。

　　[1] 江户时代武士换穿制服有固定的日子，旧历四月初一至五月初四穿"袷"，也就是有里有面，中间不垫絮类的夹衣；五月初五至八月末穿"帷子"，即没有里层的单衣；九月初一至九月初八穿"袷"；九月初九至翌年三月末穿"棉入"，即有里有面并垫有絮类的棉服。一般庶人也遵从武家习惯换季更衣。现代日本需要穿统一制服的行业或者学生也多有在规定的某天统一换穿夏季、冬季服装的习俗。

　　[2] 五月雨：指旧历五月的连续降雨，相当于梅雨。

"您早。天天下雨，真叫人郁闷。"

"这天气着实愁人。听说眼下气候反常，弄得到处都是病人，你铺里都忙不过来了吧？"半七说。

"干我们这行的，生意兴隆的时候都不知是好事还是坏事。"平兵卫自腰间抽出烟袋，膝行凑近一步道，"其实，头儿，我来是想借您的智慧，帮忙出出主意……不，不是我自己的事，是我家有个叫阿德的婢女……"

"哦，不知是什么事？总之先说来听听吧。"

"您知道，阿德出身生麦[1]乡间，十七岁时来我家干活，至今已有五年了。她为人老实，我们也很倚重她。"

"这婢女我也听说过……"半七点头道，"我媳妇平素一直羡慕得紧，说什么她也想找个那样的好婢女来家里干活。那阿德怎么了？"

_____

[1] 生麦：武藏国橘树郡生麦村，今神奈川县横滨市鹤见区生麦村。

"她本人倒没什么，只是她妹妹……唉，事情是这样的。阿德有个妹妹叫阿通，今年也十七了，打正月起出来做事。负责帮她牵线的牙行是外神田[1]的相模屋。一到江户，她便先来我家找她阿姊，便是她阿姊带她去相模屋的。结果，相模屋说正好有适合阿通去做事的人家。那户人家想找非江户人，老家距江户五里七里[2]开外，年纪轻、寡言少语的老实佣工，而且不能只干一年便走，必须答应至少要做三年长工。相对地，雇主愿意每年夏冬提供换季衣物，并且年俸三两。"

"嗯——"半七皱起眉头。

按当时的行情，年俸三两对于婢女来说可谓高得吓人。如今旗本宅邸雇一个出色的武士也只

---

[1] 外神田：今东京都千代田区神田地区外神田。

[2] 江户时代尺贯法下的"一里"约合现在的 3.9 千米，故而这里说的"五里七里"按现代距离算已是二三十千米。

需三两一人扶持[1]，那户人家竟然肯用三两年俸雇
一个刚从乡下来的年轻婢女，确实有些蹊跷。半
七觉得这里头定有什么古怪。平兵卫继续说：

"阿德毕竟熟悉江户，闻言便觉得这份差事
的俸金未免太过丰厚，心下不安，有些拿不定主
意。但妹妹到底年轻，最近的乡下人也贪婪，一
听年俸三两，立刻便红了眼，不管不顾地坚持要
揽下这活计。阿德只好让步，顺着妹妹让她去了。
据说雇主家在向岛深处的偏僻处。阿德回来后说
出此事，我们也觉得有些奇怪。但向岛是偏僻之
地，年轻帮佣一般不肯去，兴许那雇主也是无奈
之下才许了高年俸。如此一想，我们便暂且不管

---

[1]"三两一人扶持"意为每年支付三两现金和一人
扶持的俸米。"扶持"为武士的俸米单位，以每人每日三餐
共消耗五合米的标准计算，将一人一年（360 日）所需米
量定为"一人扶持"，折合成月需米量后按月发放。一般来
说一人扶持为一石八斗米，约合五俵米。若将俸米换算成
金钱，那么按照幕府规定，一俵为一金，"一人扶持"的价
值大致折合五两金子。年俸"三两一人扶持"的武士为最
下级的武士，收入甚至不及町人，被蔑称为"三一"。

此事了。阿通去见了雇主后便没了消息。姐姐阿德心下担忧，便去相模屋打听。相模屋回说，阿通顺利见了雇主，而且雇主对她非常满意，希望能立刻签下契据。相模屋还将一封妹妹的来信转交给了阿德。那确实是阿通的亲笔信，信上说自己已见过雇主，在主家安顿了下来，请阿姊放心。信上又说，自己干活的地方是某大户人家的别庄，庄子很大，只有一位五十岁左右的大爷与他妻子驻庄照看。此地虽有些寂寥，但与乡下一比根本不算什么。信上还说，家主大约每月会来一次，自己只要在那时前去伺候便可，因此活儿非常轻松，自己也很高兴。阿德看过信后总算松了口气，便如相模屋所说，当场签下三年以上的长工契据后才回来。"

"她那时没见到妹妹？"

"没有。但因信上确实是妹妹的笔迹，当姐姐的便放心地回来了。这是今年正月底的事。之后小半年，阿通都没有音讯，直到前天有名陌生男子来访。他自称来自向岛，将妹妹阿通的信交给阿德便离开了。阿德立即拆信一看，只见上面写着自己在庄中已然待不下去了，若继续忍耐或许会有性命之忧，详细情形不便在信中言说，希望阿姊务必来见自己一面。阿德一看完信便失了分寸，立刻就想飞奔而去。这封信也是阿通亲笔，因此信上所言应该不会有假。但我们总觉得有些不安，加之天也快黑了，所以就先劝住了阿德，待到第二天一早遣了个叫龟吉的小学徒陪她一块儿去。"

"您真体贴。"半七微笑着说，"这种时候让她单独前往，确实让人不放心。"

"正是如此。后来，大约八刻（下午二时）前后，两人垂头丧气地回来了。他们说阿通侍奉的地方实在难找，他们好不容易找上门，应门的大爷还一脸不悦地说他们那儿没有这号人……唉，双方争辩了一阵，对方终于还是放两人去见了阿通。谁知阿通一见阿姊便哇的一声哭了起来，说自己在这恐怖的庄子里一天也待不下去了，要阿姊立刻帮她请辞，带她离开。可这差事又不是说辞就能随便辞的，阿德只好勉强安抚妹妹，问她到底怎么了。一问就明白了，这宅子确实邪乎得紧，换作别人大抵也不会想留在这儿。"

"难道闹鬼？"半七微笑着说，"还是有姑娘会舔灯油[1]？"

"差不多吧。"平兵卫额头泛起皱纹，"那别庄在寺岛村[2]深处，偏僻得连白天都有狐狸、水獭出没。宅子附近没有其他人家。阿通去那里后，最初的小半个月里每天无所事事，之后管家夫妇便让她负责每日往土墙仓房里送三餐。"

"往土墙仓房送？"

"据说仓房里供着一条大蛇……要每日上供三次食物，而且送食之人必须是处女之身，所以这差事才交到了阿通手上。这活儿虽让人有些不适，但阿通到底是在乡下长大的，没我们想的那样怕蛇怕青蛙。加之管家大爷又对她说，既然那

---

[1] 日本旧时传说猫妖爱舔灯油。

[2] 寺岛村：位于今东京都墨田区西部，区域大致为墨田区东向岛一至三丁目。

蛇被奉为神明，它就不会对人作恶，于是阿通便不甚在意地接下了活计。那土墙仓房里白日也一片漆黑，看不清里头栖息着什么。管家嘱咐她开了锁，将食案供在入口处后便立刻反身出来，不要回头。一开始，阿通老实照做，每日按定例供上三餐，然后过大约半个时辰再去，就会发现食物已被一扫而光。如此平安无事地过了一阵子后，四月二十日发生了一件事。那日阿通送膳比平日稍晚了一些，急急忙忙开锁，声音约莫是传到了仓房里，只听二楼楼梯传来嘎吱嘎吱的声响，似乎有东西走了下来。"

"原来如此。"半七吸着烟，侧耳倾听。

"阿通以为是那条大蛇，放下食案便慌忙转身想走，结果又受好奇心驱使，躲在了门后偷偷窥伺，只见从梯子上下来的——据说那天天气晴朗，而且时值正午，因此隐隐约约看得见土墙里头——方才嘎吱嘎吱从梯子上下来的似乎是个年轻女子。只见她默然无语地正要拿走食案，却敏锐地注意到了有人偷看，便细声叫了阿通一句。

阿通吓了一跳，没应声，结果那女子向阿通招了招幽灵一般枯瘦的手……阿通再也忍不住，慌忙锁了仓房大门飞速逃走了。大蛇不可能开口说话，阿通认为那一定是幽灵，顿觉毛骨悚然，此后便害怕得不愿再去仓房，可这又是自己的工作，不得不去。自那以后，她依旧战战兢兢地每日三次送餐，可仔细一想，幽灵怎么会吃饭呢？又怕又想看的冲动再次作祟，阿通挑了个天气好的日子再度偷瞧，结果好像瞧见了有条大蛇——一条长度足有一丈（约三米）的青蛇两眼发光地自昏暗角落弯弯曲曲地爬了过来。阿通愕然地愣在原地。此时二楼楼梯又传来嘎吱嘎吱的声音，似有东西要下楼。阿通定睛一看，正是上次那个幽灵般的女子……阿通忍受不住，又逃走了。"

"越来越像鬼故事了。"

"原本到了这一步，阿通还是决定忍耐的，谁知她近期屡次偷窥仓房的事被管家夫妇知道了。他们严厉训斥了阿通，听说还威胁说要把她也绑起来丢进仓房……这下阿通越发害怕了，想着不如干脆逃走吧，奈何那对管家夫妇看得紧，她一步也迈不出家门，所以她才寻着空当写了封短信，托店铺来的人带给她阿姊。阿德听了妹妹的话后也吓了一跳，但眼下也没法做什么，只能一再劝她再忍一忍，自己匆匆回来了……方才也说了，阿德很替妹妹着想，回来后担心得脸色都变了，一个劲问该怎么办。照理来说，她应该去与牙行交涉，替妹妹请辞，可她已经签下了三年以上长工的契据，一定会被对方为难。若就此不管不顾，妹妹未免太过可怜。我们也想不出什么好法子，这才不顾您公务繁忙，登门找您商议。您看这事该如何是好？"

半七眯起眼睛思索一阵，最后镇定地颔首道：

"好，此事我来设法解决。我可以代她去牙行交涉，毕竟要毁约，场面恐怕不会好看，所以还是想想别的法子。我帮忙不光是为了阿通姑娘，而是此事确实有必要深入追查一番，总之就交给我吧。那牙行是叫相模屋吧？"

"正是外神田的相模屋。"

"替我跟阿德说不必忧心，我两三日内必会设法解决。"

"那就有劳您费心了。"

平兵卫再三请托后离开了。

二

　　吃过午饭，半七离开三河町自宅，来到外神
田的相模屋。牙行的人知道半七身份，老老实实
地拿出了佣工登记名册。半七由此得知，阿通今
年正月底前去应雇的地方是向岛寺岛村的一处别
庄，主人是灵岸岛 [1] 的米商三岛。

　　由于近期物价飞涨，江户市中也时常爆发武
装暴乱。远的不说，今年五月便有暴徒袭扰下谷
神田 [2]，下町的财主们纷纷捐赠救助米。当时，三
岛虽说是米商，却独力捐出二千俵精米，震惊世
人。半七现在对此事仍然记忆犹新。若向岛深处
的那处三岛别庄里潜藏着什么不可告人的秘密，

---

　　[1] 灵岸岛：东京都中央区东部，隅田川河口右岸的
旧町名，今新川一、二丁目。

　　[2] 下谷神田：此处指归属神社的田地，并非地名。

那就越发不能置之不理了。半七先回家一趟，叫来了小卒松吉。

"喂，瘦竹竿阿松，辛苦你跑一趟灵岸岛，查一查三岛。他家可有正值妙龄的姑娘？"

"他家姑娘我晓得，叫阿际，是附近有名的标致姑娘，今年该有十九二十岁了吧。"

"那姑娘怎么样？可在家里？"

"这个嘛，三年前，大致也是这时节吧，那姑娘与店里的年轻伙计私奔了，如今下落不明。"松吉说。

"与她私奔的情郎是谁？"

"这倒不知。"

"查。还有，三岛家的情况也得查清楚。阿际有没有兄弟姐妹，这点一定要查清楚，明白了吗？"

"是。"

松吉立刻离开了。半七因为风寒，头有些晕，就去泡了澡喝了药，太阳还未下山便裹着被子发汗。夜里五刻（晚上八时）左右，松吉回来了。

"头儿，我大致查了一遍。与三岛家姑娘私奔的男子叫良次郎，老家好像是浅草今户[1]，年纪二十二，长得还过得去，听说很受三岛家寡居主母的喜欢。"

"那家伙去哪儿了？一点都不知道？"

"不知道。反正不在浅草老家，也不知去哪儿了。"

"阿际可有兄弟姐妹？"

"没有。听说是独女。"

"是吗？"

由于推测有些落空，半七坐在垫褥上歪头思索，又巨细无遗地问了一遍松吉调查的结果后，似乎有了些想法。他面带笑容地点头道：

"好，我大致明白了。"

"光这样就行了？"

"行了，后面我自己来。"

第二日一大早，半七就醒了。许是昨晚发了

---

[1] 浅草今户：今东京都台东区今户。

汗，半七的头痛已缓和许多。今日的天虽有些阴沉，但雨已经停了，半七吃完早饭放下筷子，立刻去了町中的生药铺。他唤出婢女阿德，问清前次替她妹妹送信的那名男子的长相和年龄后，随即又去了今户的后巷长屋。这阵子阴雨绵绵，狭窄的巷道变得潮湿而又阴郁。半七走到巷子底，找到良次郎家。眼前是一户有二叠和六叠两间房的屋子，步入屋内，一个年近五十的女人和一个十四五岁的小丫头正面对面坐着，似乎正在帮别家干活补贴家用。半七发现，此处虽是后巷长屋，打理得倒是干爽整洁。

"请问，这家的良次郎小哥眼下正在何处？"

"是。"看似家中母亲的女人停下手中的针线活，回头问，"请问您是打哪儿来的？"

"我是从灵岸岛来的。"半七立刻回答。

"灵岸岛……"女人盯着半七的脸看了半晌，最终起身来到门口，"这么说，您是从三岛铺上来的？"

"正是。"

半七话音未落，女人已抬脚迈出地板沿，突然揪住了半七的袖子。

"那我倒要问问你，我儿子在哪儿？良次郎在哪儿？"

忽然遭到反问的半七有些慌张，故意露出夸张的惊讶表情。

"大婶，这话从何说起啊……您都不知儿子在哪儿，还有谁能知道？"

"不，你不用狡辩，是你们的铺子将良次郎藏起来了，我可清楚得很！说什么他与你家小姐私奔，都是假的，一定是假的！良次郎绝不是会怂恿主家小姐淫奔的轻浮男人！那边那个阿山不是良次郎的亲妹妹，再过一两年，他们就要成亲了！家里有这样的人在，良次郎断不会做那种越矩之事！再说了，良次郎那么孝顺，不可能丢下老母不管，兀自销声匿迹！一定是你们将他藏起来了！快说，他到底在哪儿？"

在对方发狂一般的激烈质问下，半七终于招架不住道：

"您少安毋躁。原来还有这样的内情，我当真一无所知啊，只是铺里叫我来，我就老老实实来了而已。这么说，良次郎小哥根本不在这儿？"

"不在……"女人带着泣音说道，"自己将人藏了起来，却又佯装不知上门找人，你们也太瞧不起人了！我手上有铁证！我这就拿给你看，你等着！"

女人从佛龛抽屉里拿出一封书信，递至半七眼前。半七立刻接过拆开，只见良次郎在信上写道，自己因某种苦衷不得不藏身三年，三年之后必然回家，请阿母莫要担心。信上还说，外人也许会传自己是与小姐私奔，但这里头亦有内情，请母亲代自己向阿山好好说明。良次郎说自己这么做是为了主家，为了阿母，请阿母万勿怪罪。

"良次郎托人悄悄将这封信和三十两金子一起送了过来。"女人哭着说，"这就是铁证！上面不是明明白白写着，他失踪是为了主家吗？他还说是为了我。照这么看，他定是和你们约好了，只要他藏身三年，你们就会给他五十两、一百两

214

金子之类的条件。良次郎是个孝子，定是想接了差事拿了赏钱让我这做母亲的享福。可我才不要什么赏钱，只想早日看见儿子平平安安地回来。那三十两金子我们用了一些，剩下的全都还给你，请你把我儿还来吧！求求你！"

她再次抓住半七的袖子，边扯边哭地恳求道。那个叫阿山的姑娘也失声哭了起来。

意外见证了这样一个场面后，半七也无法再隐瞒下去。

"大婶，事已至此，我也将一切与您说了吧。其实我不是灵岸岛来的。我叫半七，是个捕吏，此次登门其实是想调查一些事情，但听了您的话后，我已经明白了。您不必担心。我一定会将长次郎带回来，还请您少安毋躁，等待两三日。"

一听对方是捕吏，女人立即擦干眼泪，千求万求恳请半七寻找儿子的下落。

三

　　除了阿通与良次郎，半七还必须查清阿际的下落。阿际定是被关在向岛别庄里，住在土墙仓房二楼。阿通看见的那个形如幽灵的女子一定就是她。半七虽看透了真相，却也无法毫无顾忌地闯进去，一下打开人家仓房的大门，因而他想掌握更多切实的证据。他走出今户的巷子，立即前往向岛。阴沉的天空越发晦暗，雾一般的细雨又拢了过来。半七中途买了把油纸伞，在竹屋渡口搭船去了对岸河堤。雨越来越大，栽满樱树的堤坝下越发昏暗。

　　眼下已近正午，半七进了堤坝下的一家小食肆，点了碗清汤蚬贝和一碟凉拌菜果腹。旁边立着一面陈旧的蒹葭屏风，屏风那头也有两位客人面对面坐着。起初两人都未说话，只是有一口没一口地饮酒。过了一阵子，较为年长的男人带着些醉意开口说：

"喂，你不想个法子制住那小丫头可不行。反正是个整天在田里割草、一身日头气的女人。我知道你看不上，你就闭上眼睛忍忍吧。若让她逃了可就真的麻烦了。"

年轻男子沉默不语。

"光给钱已经留不住她了，所以我才来求你这美男子。你就忍一忍，办了她，用恋情、廉耻之类的名头将她绊住。又不是让她一直做你媳妇，忍一忍就过去了。"

"我不想干这种缺德事。"年轻男子叹息道。

"你倒会装圣人。"年长男子讥笑道，"喂，不管你是真情还是假意，总之给我去办。你不是跟小姐一起私奔的美男子吗？反正已是阴沟老鼠了，眼下再怎么装正人君子，身上的褐毛也洗不白喽。"

"如今我也很后悔。当初经不住素来对我倍加关照的老板娘恳求，无可奈何地接下差事，做下了那种恶事，这阵子着实后悔不迭。被别人指指点点，让阿母忧心劳顿，我犯下大错了。事到如今，以后不管谁说什么，我都决不会再答应。既然那叫阿通的婢女如此想回家，你们老实放她回去不就好了？"

"若是能放回去，我还用这么费心？"年长男子忽然压低了声音，"那小丫头也是长了嘴的。若贸然将她放走了，谁知道她在外头会说什么？如今只能来求你这美男子施个咒绊住她了。喂，阿良，你说什么都不肯答应？所谓一不做二不休，终归你已蹚过一次浑水了，多一次少一次根本没区别。喂，你放聪明点，赶紧应下。我会再为你在老板娘面前多多美言。老板娘也不是不通人情世故的人，一定会就此事补偿你的，你就老实答应吧。"

"不，不管你说什么，恕我无法答应。你还是去找别人……"

"若能找别人，我就不会在这多费口舌了。我六藏如今虽正正经经地干着别庄管家的活，但左胳膊上也是有难看的刺青的！既然我都开口了，你答应也得答应，不答应也得答应！阿良，你可想清楚了再回话！"

许是受醉意驱使，他的声音越发高亢。听完对方抬出刺青说了一阵后，半七觉得时机差不多了，便隔着屏风开口道：

"喂，你们那头可真热闹。"

"抱歉，吵吵嚷嚷的，打搅您了。"那个叫六藏的男人应道，"年轻人爱玩，我正吓唬他呢。"

"我明白。"半七笑道，"眼下这世道却是反过来了，许多年老的反而做错事。眼下这事，我看还是旁边这位年轻人占理。喂，良次郎小哥，你说是不是？"

听半七指名道姓，两人似乎都吃了一惊。半七接着说：

"说自己左胳膊上有难看刺青的这位大爷，我劝你还是别老揪着年轻人逼人家就范。横竖灵岸岛免不了有人下狱，你若多拉一个人下水，这可是在杀生哪。"

"什……什么？"六藏转过来面对半七，"你是谁？"

半七将屏风推到一边，也转过身去说：

"我是谁不重要，不过我眼下正要去你照看的那座别庄，你带路吧。"

六藏似已从半七的语气中察觉了他的身份，慌忙伸手探入怀中。半七立刻飞扑过去擒住他的手。六藏还握着匕首，捕绳却早已缠上手腕。半七镇定地站着，回头望向面无血色的良次郎：

"我会为你向上头求情，你也乖乖跟我一起来。"

半七押着被绑的六藏，冒雨前往三岛别庄。良次郎面上毫无生气，恍恍惚惚地跟在后头。半七指挥吃惊得不知所措的阿通打开里侧仓房大门，只见昏暗的二楼出现了一位幽灵一般的貌美姑娘。她就是三岛的独女阿际。

第二日，奉行所传唤灵岸岛米商三岛的寡居主母阿糸及掌柜由兵卫，两人当场便被收监。

三岛家主四年前去世，耐不住寂寞的阿糸与

由兵卫有了奸情。三岛独女阿际此时已有十九，当着亲戚邻里的面，家中必须为她招个门当户对的夫婿。阿际生来面容姣好，上门提亲者络绎不绝。由兵卫对此甚为不悦。他企图让自己的侄子成为店铺养子，自己则以监护人的名义夺取这偌大家业。只是那侄子只是个年仅十五的男孩，甚至还未剃刘海儿，无法与阿际议亲。再者，阿际极为聪慧，似乎已隐隐察觉由兵卫与阿母的苟且之事。因此，由兵卫视她为眼中钉，多次唆使阿糸为难阿际，企图将阿际逐出家门，却又没有理由驱逐毫无过错的本家嫡女。于是，由兵卫制订了一个更为大胆的计划。

阿糸——这个沉溺色欲的四十岁女人——显然忘却了母女之情，竟同意了由兵卫的谋划。由兵卫先笼络别庄管家六藏，于去年夏季诓骗阿际前往向岛别庄，并将她关进了巨大的旧仓房深处。但若宣称本家嫡女突然下落不明，一定会让亲戚街坊怀疑，于是他便称小姐是和铺上的年轻伙计私奔了。这个被选中的年轻伙计便是良次郎。他平素便受阿系和由兵卫青睐不说，年纪又轻，相貌也不错，外表上足够拿出去宣称是阿际的情郎。阿系对良次郎说明缘由，动之以情晓之以理，强迫良次郎答应。她承诺，若良次郎愿意背负这罪名，逃到某处藏匿一段时间，三年过后她必定提拔良次郎；而若到时无法再让良次郎回铺里干活，她便会给良次郎两三百两金子当本钱，一定让他安身立命。如此条件之下，良次郎不情不愿地答应了。

　　碍于当时的主从关系，若主人俯首谦恭请托，下人是难以拒绝的。加之良次郎天真地以为，只要自己做好这份差事，以后就可以孝顺母亲，让她享福了。如此，良次郎便在阿际被监禁的同时溜出了灵岸岛的商铺。然而，若他潜回老家，事情便会败露。于是他只好藏身绫濑[1]熟人家，被迫成了不见天日的流亡者。

――――――

　　[1] 绫濑：位于今东京都足立区绫濑川河畔，江户时代是江户市东北远郊。

阿际虽被关在仓房中，却也不能任凭她饿死，故而由别庄管事负责运送三餐。即便对本性残酷的六藏夫妇来说，这也不是什么舒心差事，加之阿糸与由兵卫来别宅幽会时，没人在旁服侍也有些不便，于是他们决定新雇一个年轻婢女来庄中伺候。然而，此举稍有不慎便有暴露秘密之虞，故而决定选个不熟悉江户的呆头鹅来干活，于是就选中了阿通。使唤了一阵后，六藏发现阿通看似呆头呆脑，实则能干得多，并且似已隐隐察觉仓房中的秘密，顿觉有些头疼。事已至此，贸然辞退阿通反而危险。为了拿捏阿通，六藏约出良次郎，企图让他凭色相笼络年轻的乡下女。然而良次郎虽老实，也不容许他人一而再再而三地利用自己。加之他已对自己前次犯下的错误悔不当初，此番无论如何也不肯答应，甚至站到阿通那边，帮她送信至身处神田的阿姊手上，成了旧案暴露于世的发端。

　　六藏对此一无所知，又带着良次郎来到附近的食肆，席间对其威逼利诱之时，恰好被半七撞见。受过墨刑的前科犯六藏企图掏出怀中匕首，不想转瞬就被半七制住。最初他拼死抵赖，但见阿际本人已从仓房出来，良次郎也招供了一切，六藏只好低头认罪。

阿糸在案子还未审结之时就死在狱中。六藏因是曾受过墨刑的前科犯，又与歹人同谋，将主家嫡女关入牢狱一般的仓房，罪大恶极，被判死罪。始作俑者由兵卫自然也是重罪。阿糸虽是寡居但亦是当家主母。由兵卫与主母通奸不说，竟还监禁本应继承家业的主家嫡女，妄图抢夺家产，最终被判游街后枭首示众。良次郎本应受重罚，念在他本是无奈遵从主命，加之平素极为孝顺，上面的大人甚为怜悯，特网开一面，只严厉面斥了他便交由老家房东看管。

向岛别庄最终被拆毁。这并非官衙命令，而是既然闹出了这样的事，劝告三岛家拆毁别庄便是亲戚们的义务。当时藏匿秘密的土墙仓房自然也被拆毁了，只是并未见到阿通所说的大蛇。阿际也说从未见过那蛇。难道是大蛇有灵，察觉大祸将至，事先离开了？抑或那大蛇只是阿通惊惶之下所见的幻觉？个中疑问始终不得而知。

06

蝴蝶大战

一

江户人将不踏足他乡土地视为一种荣耀，故而大多不喜旅游。半七老人亦是其中之一。据说他自青年时代以来，除非万不得已从不出门，结果这次却罕见地出门了，叫我登门时扑了个空。听阿嬷说，老人有个侄子住在宇都宫[1]乡下，此次他女儿招赘，特意邀老人过去。过了十来日，老人遣阿嬷来我家，为上次让我白跑一趟道歉，并告知自己已于昨日归家的消息。他还让阿嬷带了日光[2]羊羹和葫芦干过来，说只是一些寻常特产，权作伴手礼。

翌日傍晚，为了还昨日的礼，我去了老人在

---

[1] 宇都宫：今枥木县宇都宫市。

[2] 日光：今枥木县日光市。

赤坂的家。如今已是六月中旬，恰似梅雨的蒙蒙细雨淅淅沥沥地下着。有雨滴滴进衣领，我缩了缩脖子，打开入口处的格子门。老人很快出现了。

"哈哈，我就说阿嬷应该没这么快，就猜到是你。"

老人一如既往笑容满面地迎我进门，引我进了里侧的六叠间。阿嬷去了附近买菜，老人亲自为我准备茶水和点心。寒暄一番后，老人开心地说：

"你这人真是守礼，外头下着雨竟还是出了门。我在宇都宫时，这雨也是下个不停，叫人头疼。"

"在那边可遇上什么新鲜事了？"我边喝茶边问。

"唉，没有。"老人皱起眉心摇了摇头，"毕竟是距离宇都宫三里开外的乡下地方。不过我在那边时，正好是麻雀大战的好时节，于是也去看了一会儿。虽然没有传言中那几万只鸟的场面，但五六百只还是有的，全都搅和在一起打仗，也不知是什么缘由。"

"听说东京以前也曾有过。"

"麻雀大战、青蛙大战……江户时代也屡屡发生。如今之所以不再听见这些风声，想必是因为麻雀和青蛙都愈来愈少了。或许它们也是这样，数量多了便自然而然地开始你争我夺或是发生争吵，与人类一个德行，哈哈哈——"

正当我俩逐渐聊开，说起江户时代的青蛙、麻雀大战时，阿嬷回来了。外头的雨声似又大了一成。

"这雨可真会下。"老人听着雨声，忽然说道，"方才说了，除开麻雀大战、青蛙大战之外，还有萤火虫大战、蝴蝶大战等等。萤火虫大战我曾在落合[1] 见过一次。还有蝴蝶大战……对了，关于这蝴蝶大战还有个故事呢，我还没讲过吧？"

"没有，请您讲来听听。"我膝盖前挪一步，

---

[1] 落合：落合町，为旧江户西北远郊神田川与井草川汇流地带。今东京都新宿区落合地区。

230

恳切地说，"那蝴蝶大战和侦探故事有关吗？"

"关系可大了，那案件就是这里玄乎。"

话题以此展开，我今夜又打听出了一个新故事。

万延元年（1860）六月底，以本所竖川沿线为中心聚集起一大群白色蝴蝶。最初只有一两千只，但已足够引人注目。附近的孩子纷纷拿出竹竿、扫帚打打闹闹地到处追着蝴蝶。蝴蝶日渐增多，到六月晦日时数量已达几万只。数万只白蝶如雪花一般纷乱飞舞，着实堪称奇观。

"是蝴蝶大战！"众人异口同声地说。

也不知成群结队的蝴蝶是发了狂还是在相互争斗，总之它们杂乱无序地相互追逐，又或时高时低地相互纠缠着飞舞。有些蝴蝶不知是飞累了还是受伤了，簌簌落在水面上。也有些被风吹跑，翩翩升至高空。那景色犹如不合季节的樱花雨，惹得武士和平民都纷纷出来观看此等奇景。此时，也不知是谁起的头，众人纷纷议论起这样一个流言：

"善昌师父说的果然是真，辩才天女的神谕不会有假。这一定是某种预兆。"

性急的更是跑到松坂町[1]的辩天堂求神问卦去了。著名的吉良上野介义央[2]宅邸的遗址便在松坂町，如今大半已成了平民住居。这里的后巷住着一位叫善昌的比丘尼。她从前名为小鹤，本在这一带托钵化缘，但六七年前开始在自家供奉辩才天女，供众人上香礼拜。本所有岩洞辩天、蒲包辩天、柴刀辩天等诸多辩天神祠，但她供奉的是光明辩天。据她自己说，某日深夜，她经过下谷御成道[3]时，路旁商铺挡雨滑门的门缝间竟

---

[1] 松坂町：本所松坂町，位于今东京都墨田区两国三丁目。

[2] 吉良上野介义央：元禄赤穗事件中在江户城遭遇播磨国赤穗藩藩主刀砍，导致赤穗藩主被迫切腹的高家旗本，后被决意为主君报仇的四十七名赤穗藩旧臣闯入宅邸斩杀。整个元禄赤穗事件被改编为歌舞伎剧《忠臣藏》，广为流传。

[3] 下谷御成道：幕府所建供将军前往上野（今东京都台东区上野）宽永寺参拜的道路。宽永寺为德川家菩提寺之一，由江户幕府第三代将军德川家光于宽永二年（1625）创建，共有六位将军埋葬于此。

232

漏出了非同一般的光芒。她甚觉奇特，探看一番，发现这是一家古董铺，铺内一尊木雕的辩才天女像正放出夺目的光辉。小鹤越发感到不可思议。当日归家后，辩才天女竟出现在小鹤梦中，在她枕边说道："若供养信奉于我，我便驱除众人灾厄，赐予众人福运。"于是翌日一早，她便去下谷买下那尊佛像，请了回来。此事流传开来，前来拜谒的香客也愈来愈多。

小鹤遂改名善昌，将与长屋无异的逼仄小家改建为辩天堂的样式，自己也不再托钵行乞，而是以看堂人的身份居于堂中，也会受香客所托做些祈福佛事，还会给人算命。她能如此受众人敬仰自然是因为辩才天女非常灵验。两三年前曾有过这样的事例。某日午后，独身的善昌去附近办事。在她外出期间，一个叫阿国的近邻女子前来拜谒。

令她大吃一惊的是，一名年轻男子正痛苦地倒在佛前。男子口中吐出大量鲜血，已然气若游丝。阿国惊叫出声，邻居们随即赶来，询问男子到底出了何事，但男子已无法开口说话。他伸手指着滚落在地的糕饼点心，就此气绝身亡。追查下去发现，此人撬开功德箱的锁，偷走了里面的香火钱。不仅如此，他还拿了看上去较为值钱的佛具用布巾包好背在背上，准备带走。如此还不满足，他竟还吃了供在佛前的糕饼点心，喝了佛前的水。此外，他的死因也知晓了，是中毒而亡。

众人先遣人去通知了善昌，善昌闻讯也吓了一跳，连忙赶了回来。善昌说，虽不知那男子是如何死的，但佛前所供糕点决计不会有毒。为了化解猜疑，她当着众人的面吃了那些糕点，果真安然无恙。既然如此，那男子为何会死？他是盗贼，偷了香火钱和佛具不说，还偷吃佛前供品。众人认为，他定是当场遭了报应，入口的供品变成了毒物。他们再次惊叹于辩才天女的灵验，对其信仰更盛。此事流传开来，信徒倍增，布施涌至。辩天堂再度改建，使其虽在狭窄巷道当中，它的明亮灯火却能自大街上望见，使人诚心拜谒，巍峨庄严不负光明辩天之名。

今年三月，善昌对着信众们说了一些几近预言的话，声称是辩才天女降下的神谕。她说："今年是可怕的灾厄之年。井依大老[1]之死愚蠢至极，五年前的大地震、四年前的大暴雨[2]、两年前的霍乱大流行[3]……而今年必将有比之更甚的大灾难袭击江户。然而，大灾来临之前必有某种预兆，请各位谨慎留意，不要疏忽。"附近信徒都信以为真。大地震、大风暴、霍乱肆虐、黑船骚乱、

---

[1] 井依大老：井伊直弼（1815—1860），近江国彦根藩第15代藩主兼江户幕府的大老，公元1860年在樱田门外之变中被反对派的水户藩脱藩武士暗杀身亡。大老为江户幕府官职，辅佐将军管理政务，地位在老中之上，是临时性的最高职位。

[2] 公元1856年旧历八月廿五日有强台风通过江户附近，导致江户湾发生大规模风暴潮，周边地区大面积被淹，各地火灾频发。据说死亡人数达到10万人，是日本历史上最为严重的一次风灾水害。

[3] 公元1858年，一艘美国军舰"密西西比号"经过上海抵达长崎后，舰上感染霍乱的船员导致疫情在长崎市内扩散，并很快侵袭日本全国。不同资料对江户的死亡人数有10万、28万、30万等多种说法，著名浮世绘师歌川广重亦死于这场霍乱疫情。

大老遇刺……突发祸事接二连三，世人本就人心惶惶，眼下又闻如此神谕，难怪他们心中慌乱。

　　善昌说，大难之前必有预兆。而发生在因警告而惶惶不可终日的众人面前的，便是这不可思议的蝴蝶大战。性急之人惊慌失措地奔至辩天堂，却见佛前的明灯已然全部熄灭。善昌有些疑惑地对信徒说，方才有几只白蝶不知从何处飞来，一一扑灭了佛前灯火。

二

蝴蝶最为密集的时间是白日四刻（上午十时）至八刻（下午二时）左右。过了八刻，蝶群便开始散去，至钟楼的七刻（下午四时）钟声响起时便已不见踪影。落入水中的蝴蝶也未随波流走，直至太阳完全落山，依然铺满了竖川水面，引得出门纳凉的民众议论纷纷。到了次日一早，河面上的蝴蝶又消失得无影无踪。

"辩才天女的神谕不会有假，此事委实可怕。"

善昌再次对信徒们说。信徒们已深信不疑，在与善昌商议后，决定在七月初一至七月十五日盂兰盆节的半月内，于辩天堂进行大护摩[1]祭祀。

---

[1] 大护摩：意为火供，最早来自婆罗门教的吠陀祭祀，后融入佛教成为修行仪式的一种，目前主要盛行于佛教金刚乘和日本神道教。

护摩费用与供灯香钱自是信徒布施，此外还有各种供品堆积如山。

仪式的前七日顺利举行。七夕祭[1]过后的八日早晨，善昌突然放下了佛前的帷帐，将接受所有人拜谒的光明辩天尊像隐在了紫色帷帐之后。善昌说明道："辩才天女在我梦中示现，于我枕边告诫，此后白日不可让其尊身现于人前，灾厄之日自当在此期间流逝。"众人继续进行护摩仪式和祈请祷告。过了三四日，又有流言不知从何而起。

"帷帐内是空的，辩才天女好像消失了。"

有三四位虔诚信徒对此甚是介怀，就来与善昌交涉，想要窥探一眼帷帐之内，哪怕一眼也好，如此便能打消众人的疑虑，但善昌坚决不允。她说："将本尊秘佛奉于佛龛之内，不允许任何人直接瞻仰的例子数不胜数。你们可曾见过浅草观世音本尊？不也依旧渴仰拜谒？若不顾辩才天女百日之内不可让尊身现于人前的告诫，妄自偷窥尊

---

[1] 七夕祭：七月初七晚上日本民间举行的盛大祭典。

容，谁知会不会遭受盲眼、发狂等诸多惩罚？你们本是为躲避可怕灾祸而焚护摩、做祷告，怎可反过来做出会遭神佛惩罚的事来？尊像究竟在不在帷帐内，百日之后自见分晓。如若心中怀疑，停止拜谒即可。"

善昌说得斩钉截铁，众人无言以对，全都沉默了。此后，众人虽如常每日祈祷，但佛像丢失的疑虑并未消除，仍在信徒中间传得沸沸扬扬。如此到了七月十五日盂兰盆节，亦为祈请祷告的最后一日，整个大护摩仪式顺利结束。

然而，翌日，也就是十六日早晨，辩天堂的门扉却未开启。近邻起初并未在意，以为善昌师父是因连日祷告而身子疲累，今日睡过了头。可佛堂直至午时也未开启，众人心下疑惑，便绕至后门查看。厨房后门并未上锁，一推就开了。众人往屋里打了几声招呼，却无人回应。两三个邻居心一横，踏入昏暗屋内，却到处都找不到善昌的身影。她平素应是睡在六叠小房间里的，但那里连蚊帐都未支起。

善昌是独自居住，平素也经常出门，因此家中无人并不稀奇，只是到了午时都未开佛堂大门就有些奇怪了。消息一传出去，信徒们纷纷聚集而来。众人一同搜索了辩天堂内，发现各处都收拾得清清爽爽，并无古怪之处。此时，有人说道："善昌师父不会逃走了吧？"

会不会辩才天尊像确实丢失了，善昌心中有愧，便带着十五日间的祈祷费和香油钱远走高飞了？未必不可能。即便不是如此，众人本就因辩才天尊像遗失的流言而心存疑虑，于是聚在一起提心吊胆地打开了帷帐。出乎意料的是，尊像竟如常供于佛龛之上，善昌并未说谎。这厢疑虑解开的同时，那厢新的疑虑又加深了：既然如此，善昌为何会销声匿迹？

虽然辩天堂是善昌用信徒的布施建造而成，但发生了这样的事，还是需要知会管辖这片巷内区域的房东。有人前去通报消息，房东便赶了过来。众人商讨之下，决定重新搜索佛堂。为防万一，众人将地板底下也搜寻了一遍，发现厨房盖板[1]下藏了两三个木炭草袋，而善昌的头伸入其中一个空草袋中，正俯卧在地。众人见状不禁惊叫出声。善昌的手脚被绑得严严实实。

这已然足够让众人惊愕，谁料更骇人的还在后头：两三个人抱起善昌尸体时，赫然发现空草袋中并没有善昌的头颅。她的头已遭人砍下了！这次无人惊呼，众人都如哑了一般面面相觑。

"善昌师父的头不见了。"

流言传到邻町，其他信徒也错愕得赶了过来。看热闹的人逐渐聚集，狭窄的巷子里挤满了人。来晚了的人只能挤在大街上，叽里呱啦地吵吵嚷嚷。

善昌之死——任谁都能轻易想象出缘由。这十五日间举行除厄祈祷，信徒捐了不少护摩费、祈祷费和香油钱。大约是有人得知此事，潜进佛堂杀害了她。究竟是善昌在反抗时被杀，还是凶

---

[1] 盖板：日式厨房的地板有一块未钉钉子、可以掀开的盖板，用作储物空间的一个区域。

徒先杀了善昌再洗劫佛堂，其顺序尚不可知。不管怎样，斩落她的头颅实在太过残酷。众人撬开地板，找遍了屋下的各个角落，却怎么也找不到善昌的头颅。

无头比丘尼的尸首被横放在六叠间内，接受仵作验尸。负责本所案情的原本是捕吏朝五郎，不巧他昨日午后便出发前往千叶[1]为亲戚奔丧去了，于是差役们便去神田将半七叫了来。半七带着恰好在场的小卒熊藏赶了过去。传说地狱火炉的盖子都会打开的盂兰盆节十六日[2]，八刻（下午二时）的日头烫得有如火灼。两人擦着渗入眼睛的汗水，快步通过两国桥，瞧见回向院[3]附近推

---

[1] 千叶：今千叶县千叶市。

[2] 传说地狱众鬼每日将罪人置于锅中煎熬，使其受苦。但在每年旧历正月十六和七月十六阎王斋日时，地狱鬼卒都不再煎熬罪人，打开锅盖休息。意指每逢这两日时，大家都可以休息。

[3] 回向院：位于今东京都墨田区两国二丁目的净土宗寺院，正式称呼为诸宗山无缘寺回向院，因地处本所，又称本所回向院。

推搡搡地挤满了今日休假回家的小伙计。

"这儿的阎罗王香火还是这么旺。"熊藏说。

"香火旺是好事，希望阎王老爷的眼睛能再盯紧些，眼下就有个在盂兰盆节期间杀人的家伙呢。"

两人有一句没一句地聊着，来到了辩天堂。巷子里已挤满了看热闹的人。两人拨开人群进去，发现查案的町差役已经来了。

"抱歉，我来晚了。诸位辛苦。"

半七打过招呼，首先仔细检查了善昌的遗骸。尸体手脚被粗草绳牢牢绑住。半七凭借多年的经验判断，被害者被绑时并未多做抵抗。附近草垫上未见血痕。半七心想：或许是有人将血迹擦干净了，于是像狗儿一般趴在草垫上细嗅。

"这位师父平日喝酒吗？"半七问身旁的一位信徒。

对方回说，师父本人宣称不喝，想必是碍于身份只能这么说，听说她私下偶尔会喝一些。半七闻言，点了点头。草垫上还留有新鲜酒香。半七又问堂内可有物品失窃，对方回说不清楚，但师父素来珍惜的皮革文卷匣不见了。信徒猜想，许是有人知道里面藏着钱财，将它偷走了。半七又点点头。

例行勘查结束后，差役们便将后续事宜交给半七，离开了。町差役与户主们也暂且离开，只剩町中薪柴铺老板五兵卫和梳妆铺老板伊助还留在屋中。这两人在信徒当中颇有威望，地位相当于信众之首或修行先导，负责协调管理信众团体。半七留下二人，开始调查善昌的底细。

"善昌多大年纪了？"

"她自己虽未明说，但大概三十二三，或者三十五六吧，外表相当年轻。"五兵卫回答。

"她独身一人，没有其他亲戚？"

"她平素就说自己是孤儿，在地上也好，归天了也好，都是茕茕孑立。"伊助回答。

"她可曾在外留宿？"

"有时信众请她祈祷，因此白天夜晚她都曾外出，但再晚也会归家，从未在外留宿。"伊助又答。

此后，半七又一字不漏地听两人说完了善昌平日的作为、前阵子的蝴蝶大战，以及这回的祈祷仪式。问完以后，半七又检查了涉事佛像。木雕辩才天尊像高三尺有余，相当古旧。半七仔细摩挲木像，又将鼻子凑上去仔细闻了两三个部位。接着小声对熊藏说：

"阿熊，你也闻闻看。"

三

"虽然尼姑用不着，但有没有男性或女性梳头师经常出入这里？"半七问。

伊助毕竟是梳妆铺老板，很熟悉相关人士。他说邻町有个叫阿国的女梳头师，是善昌旧识，当然也是信徒之一，平素经常出入这里。阿国也是独身，年纪大约四十一二。

"劳烦你立刻将她叫来。"

"是。"

伊助匆匆离去，不久又回来禀报说，阿国自昨晚就没回家。她是独自居住，因此一直是早晨离家揽生意，时而也会夜不归宿，说是去亲戚家过夜。昨日她在傍晚时分回家，泡过澡后又出去，之后就没再回来，大概是去亲戚家留宿了一晚，恰逢今日休假，就去别处闲逛了吧。

"那就不晓得她何时会回来了。"

半七思索片刻，又看了善昌的尸体一眼。没有头颅的比丘尼正穿着白麻僧衣横躺在地。半七握了握尸体冰冷的手。

随后，半七嘱咐伊助，若阿国回来就悄悄来通知自己一声，随即打算离开此地。眼下正是暑热时节，五兵卫说要召集信众，立刻处置尸体。

"尸体自然不能不管，但不要火葬。日后或许还需要验尸。"半七叮嘱道。

"那就土葬。"

在五兵卫和伊助的目送之下，半七离开了辩天堂。

到这会儿，时间应该已过了好一阵子，可七月中旬的日头还没有下山的意思。两人再度汗流浃背地走过没有半处阴凉的竖川大道。

"蝴蝶大战就发生在这一带吧？"

"应该是。"熊藏说，"我没亲眼见过，不过听说这事传得沸沸扬扬的。"

"嗯，我也听说过传言。"半七停下脚步望向河水，接着悄声对小卒说，"喂，你刚才闻那木像时，闻到了什么味道？"

"好像有一股发油味。"

"对。"半七颔首，"可善昌是尼姑，用不着发油，一定是有平素需要摆弄发油的人碰过那座木像。"

"这么说，或许是那个叫阿国的女梳头师碰的。"

"你觉得那尸体是谁的？"

"啊？"熊藏回头看向半七。

"照我看，或许是梳头师阿国的。"

"是吗？"熊藏目瞪口呆，"您怎么知道的？"

"死者手上也有油味，是梳发油或鬓发油的味道。而且，一看尸体的手指就知道死者平时经常用到扎发髻的细绳。据说善昌如今三十二三岁，可从尸体皮肉的状态看，死者分明已有四十多岁。她的脚底也很硬，一定是每日在外到处行走的女人。"

"也就是说，凶手砍下阿国的脑袋后，再帮

尸体换上了善昌的僧衣，留在现场？"

"应该是这样。阿国昨晚就没回家，恐怕要到来年盂兰盆节才能回这婆娑世界看看喽。"半七苦笑道，"即便如此，眼下还得查清凶手为何要杀阿国。一定是善昌将阿国扮作自己的替身，本人则躲起来了。你回去帮我查清阿国的底细和她平时的举动，应该能找到些线索。"

"是。我这就去。"

"不，等等，我也一起去吧。这种事情还是早些了结为好。"

两人又结伴返回。

阿国住在辩天堂邻町，也是狭窄巷道中的一间长屋。两人在近邻打听一番后，发现阿国的名声不怎么好。她年轻时就有过两三个丈夫，如今虽是一人独居，却好像一直与一两个男人有瓜葛，去亲戚家留宿也不知是真是假。她家菩提寺的住持去年死了，来了个年轻住持。有传言说，她与那个年轻住持关系暧昧，不时去那边留宿。两人打探出这些事情后便离开了。

"加把劲，就差最后一步了。"

半七率先走在前头。方才打听到阿国的菩提寺是中之乡[1]的普在寺，两人照着寻过去，很快就找到了寺院。寺院很小，但山门内打扫得一尘不染，还有一株高大的白色百日红颇为引人注目。半七在入口的花铺买下并不需要的供香和芒草，悄悄问看店的小姑娘：

"这儿的住持叫什么？"

"是觉光师父。"

"是不是有个叫阿国的梳头师常从本所过来？"

"嗯。"小姑娘点头。

"她可曾留宿？"

小姑娘不吭声了。

"那你有没有见过一个女师父，也是从本所过来的？"

"嗯。"小姑娘又点头。

---

[1] 中之乡：旧时本所中之乡地区，今东京都墨田区吾妻桥一带。

"她长什么样？"

小姑娘正要说话，花铺阿婆提着水桶回来了。她用眼神制止了小姑娘，客气地恭维了半七几句。此时又有一群香客来买供花和供香，半七干脆死心了，离开了花铺。

"这香该怎么办？"熊藏小声问道。

"总不能扔了，上给那些无人祭拜的亡灵吧。"

这时节虽然残暑很盛，墓地中却已有秋虫鸣叫。半七耐心地在石塔中间穿梭，像是在找什么东西，最后在墓地深处五六株高高的紫苑旁边发现了一块崭新的卒塔婆。卒塔婆只有一块，上头未写俗名也未写戒名，一眼就能认出是今日刚挖的新坟。

四

"这之后的事，再费口舌解释半天反而无聊，不如直接说谜底吧。"半七老人说，"现在的人都很聪明，听到这儿应该大抵明白是怎么回事了。死在辩天堂里的就是梳头师阿国，善昌还活着。"

"是善昌杀的人？"我问。

"对。善昌这尼姑心肠极坏，虽然没有一一招供，但她之前似乎也做了许多坏事。当然，阿国本也不是个能无罪释放的主，落得如此下场也算咎由自取。从头开始讲吧。前头不是有个年轻男子想偷辩天堂的香火钱和佛具，却因为吃了糕点中毒而死吗？那不是神佛的惩罚，而是善昌和阿国共谋杀害的，可惜没人察觉真相，那可怜的男子便被当成身份不明的闯空门的盗贼，草草埋在了附近寺里，他其实是善昌以前的小叔子。善昌出身越中 [1] 富山 [2]，年轻时守寡，来了江户。她在本所一带做托钵比丘尼时，不知从何处找到了那尊辩才天女像，又胡乱编了个故事，谁知竟押中了宝，虔诚的信徒越来越多。这时，她的小叔子与次郎突然出现了。这小叔子的名字和《堀川猿回》[3] 的男主角名字一样，也不知从哪儿打听到了善昌的住处，他突然来访，要善昌照顾他。善昌无奈，只好给了些钱将他打发走，但这人也不老实，总会寻个由头前来勒索。若善昌拒绝，他就说难听的话找碴儿。这样的人频繁上门纠缠，在其他信徒面前影响不好，而且善昌似乎也心虚……此事她本人抵死不肯承认，加之又发生在遥远的外乡，因而无

[1] 越中：越中国，日本古代令制国之一，属北陆道，又称越州，领域大约为现在的富山县。

[2] 富山：今富山县富山市。

[3]《堀川猿回》：净琉璃《近顷河原达引》中一段，亦为最出名的一段，描绘了猿回（耍猴戏的杂戏艺人）与次郎家的悲剧。

法查清，但我们猜测善昌是杀害了自己的丈夫逃到江户来的。小叔子与次郎许是隐隐察觉了此事，以此勒索善昌……正因如此，她认为绝不能让与次郎活着，于是找平素交好的阿国商议，设计谋害与次郎。据善昌说，她原本不想置与次郎于死地，但阿国劝她杀了他以绝后患。不管怎样，两人最终决定杀死与次郎，但也不能随便一杀了事。于是，善昌便假意找与次郎商量。

"她对与次郎说，自己也想尽力照顾他，但以如今的身份实在是心有余而力不足。她要与次郎帮忙让辩才天女更加出名。信徒一增加，香火钱会增加，布施也会增加，这样一来对与次郎也有好处。善昌要与次郎帮她演一出戏。她想让与次郎扮作小偷潜入辩天堂偷出香火钱和佛具，临走时却全身动弹不得。此时阿国赶来，闹出骚动，如此邻居们便会聚集过来。善昌再看准时机回来，对大家说这是辩才天女的惩罚，接着进行某种祈祷，最后与次郎恢复原状。若其他人说要将与次郎绑送官衙，善昌会出言安抚，让他们原谅与次郎。这样一来，众人的信仰便会越发虔诚，辩才天女灵验非凡的名声也会越发响亮，信徒将会骤增，收入也会增多。

"与次郎那家伙不知是太蠢还是太贪，听了这个主意后竟觉得有趣，应下了，后来还真的演了。他照着剧本行事，将香火钱塞进袖兜，背着值钱的佛具准备离开时，本应不在家的善昌突然从屋里出来，将供在佛前的糕点塞进与次郎口中，说光全身无法动弹还不行，你吃了这个再做出痛苦的样子。与次郎毫不怀疑地吃了东西，这下出事了，与次郎真的痛苦不堪，口鼻中还流出了鲜血。阿国也躲在后屋伺机行动。等到与次郎奄奄一息，善昌便从后门悄悄溜走，而阿国则绕到前门，装出头一回发现与次郎的样子大呼小叫。与次郎被摆了一道，心中应该极为恼恨，可惜已没力气开口，只能指了指佛前的糕点，痛苦地一命呜呼。他是外乡人，又住在下谷一带的自炊廉价客栈里，跟流浪汉也无甚差别，故而死就死了，根本没人追查。虽说是自作自受，但落得这个下场也的确可怜。

"所谓'时来运转'，指的或许就是这种事吧。善昌这场戏又压中了宝，成功杀了难缠的与次郎不说，信徒也如预期那般越发增多。诸事顺遂，辩天堂也改建得宏伟气派，善昌可谓春风得意。可惜，走了个与次郎又来了个阿国，这下换她时时来勒索了。但阿国毕竟是女子，加上自己也是毒杀与次郎的共犯，要求不会太过分。如此，两人平安无事地相处了一阵，谁知此时又发生了一场纠纷。"

老人讲到这里歇了口气，饮了口茶。我暗自猜测，兴许是尼姑与女梳头师围绕普在寺的年轻住持觉光起了情色纠纷。老人接下来的说明果然如我所料。

"阿国不必提了，善昌也是个德行不端的，表面装得品性高洁，背地里大碗喝酒。与她交好的阿国是她的酒友，常在夜深之后偷偷带着酒菜来佛堂，两人躲在六叠房里共饮。不仅如此，两人还玩花札[1]赌钱。花牌要三人玩才有趣，故而阿国时常邀请善昌去普在寺玩。寺里的年轻和尚觉光又是个堕落僧，喝酒、赌博不说，还玩女人，简直无药可救。臭味相投的三人聚在一起喝酒打牌，久而久之，觉光看善昌手头宽裕，在色欲、利欲一齐熏心之下与善昌有了苟且。觉光是个彻头彻尾的坏坯，左手抱着尼姑，右手拥着女梳头师，两头榨取钱财，然后拿着去吉原玩女人。阿国和善昌都不知他去吉原的事，但两人互相之间的秘密暴露了，自然而然反目成仇。然而善昌长得比阿国年轻不说，手头也比她宽裕，阿国自然十分嫉妒，便逮着善昌逼迫她与觉光分手，否则自己就在信众面前把善昌平时的行径一股脑儿都抖出来。

"然而善昌到底舍不得堕落和尚。阿国越发

---

[1] 花札：亦称花牌，日本纸牌游戏歌留多的一种，卡片上画有12个月份的花草，每种各4张，整组48张。一般两人玩的叫"来来（こいこい）"，两人以上玩的叫"花合（花合わせ）"。

咄咄逼人，威胁善昌说既然她无法与男人分手，她就去告发善昌杀害与次郎的事，让善昌好自为之。如此，谈判陷入僵局，善昌也到了穷途末路。当然，阿国也是杀害与次郎的共犯，贸然泄露秘密会危及自身，因此她只是吓唬善昌，并不敢付诸实践。善昌心知这一点，因而只是敷衍了事。阿国越发焦心，只想给善昌添堵，于是在祈祷第七天夜晚闯进佛堂，将重要的辩才天神像抢走了。这招确实让善昌着急了。她先花言巧语稳住信徒蒙混了过去，再去阿国那里哭诉恳求。阿国最终同意，只要善昌与觉光分手，她就归还佛像，然后十五日深夜将佛像送回来。

"此后的事由于阿国已死，没了对证，因而只是善昌的一面之词，真假难辨。总之两人喝起了酒，阿国疏忽大意喝醉了酒，善昌便乘其不备将她绞死了。善昌本人坚称是一时冲动，依我看来，她想必是早有预谋。善昌无论如何也不想放开觉光，可若不设法解决此事，到时阿国不知又会去外面说什么，最终导致了这般结果。她给阿国换上自己的僧衣，故意捆绑手脚，将她拖到厨房盖板下，然后砍下了还有微弱气息的女子的头……委实残酷。

"既然伪装自己已被强盗所杀，她就不能再糊里糊涂地逗留此地，于是拿了所有现金，再将值钱物什全部包好随身带着，逃出了辩天堂。阿国的头颅不能随意处置，故而也被她带着逃进了普在寺。她将一切告诉觉光，要他让自己在寺里躲避一阵。觉光听闻此事也是目瞪口呆，可若贸然将善昌供出去，自己僧犯女戒之事以及其他劣迹都有败露之虞，只好不情不愿地藏匿了善昌，并将阿国的头颅埋在墓地的角落。我瞧见那座立着卒塔婆的新墓时也觉奇怪，心忖阿国的头颅恐怕就埋在此处。可在以前，擅自掘墓是重罪，因此当时只好先鸣金收兵，回去通报町奉行所和寺社奉行所后再去抓人。

"善昌乖乖就范了吗？"

"我先去找主持觉光，对他说光明辩天堂的善昌尼姑应该就躲在这里，要他赶快交人。那和尚一开始也是装傻充愣，我就说要挖墓地里那个新坟，和尚一听顿时脸色煞白。善昌似乎也心里有数，在我与觉光交涉时企图从后门逃走，被埋伏在那里的熊藏抓住了。这家伙也是个嘴硬的，最初东拉西扯抵死不认。然而木像上有油味，死者手上也有油味，加之我们又从墓地里挖出了阿国的头，她无法再抵赖，终于认罪了。善昌自然是狱门枭首。觉光先是下狱，后来被绑在日本桥上示众后赶出江户。

"再说那场引人注目的蝴蝶大战。善昌有了觉光这个情郎，少不得花钱哄他，她便想寻个法子捞钱。此时正巧发生了井伊大老的樱田事件，世间骚乱不安，她便趁机到处宣扬今年一定会发生大骚乱，打算借此诈取祈祷费。此时恰巧又发生了蝴蝶大战，这下信徒们全被唬住了，都说这一定是某种前兆。这正中善昌下怀，她内心大喜。但阿国心里可就不舒服了。她想到善昌若捞到了钱，一定会全给觉光送去，心里嫉妒得不得了，因而又是抢夺本尊木像，又是逼迫善昌与和尚分手，大闹一番的结果竟是惹出了更大的骚动。"

"那个辩天神像之后如何了？"我问。

"善昌被治罪后，辩天堂就被拆毁了，令人头疼的是那尊木像。即便是一场骗局，它毕竟曾被奉为辩才天神，实在不能销毁，可又没人肯接手，大家商量之后决定将它放在河中随波流走。有传言说它流走时有一白蛇缠在上头[1]，也有人宣称那是善昌的灵魂。这些都是一派胡言。往昔的人总是动不动就这样到处说，听者也一听就信。归根究底，正是因为他们轻言轻信，才会上了善昌尼姑的当。咦，雨声不知何时竟然停了。"

老人起身打开外廊滑门。我因为太过沉迷于这个漫长故事中，竟然也不知这场细雨在什么时候悄然止息。月光亮得惊人，正皎然洒撒在小小的庭院上。

---

[1] 日本以白蛇为辩才天女的使者。

07

笔铺之女

一

　　时隔许久未与半七老人碰面，这一见就又着了迷，一个劲想听老人说故事。听了《蝴蝶大战》故事五六日后，为表谢意，我来到赤坂半七老人家。老人正在外廊为金鱼缸换水。今早天有些阴沉，小庭院里的青菜好似正渴求着甘霖，眼下耷拉着脑袋，有些恹恹。

　　"你运气不好，今儿好像又要下雨。"半七老人笑道。

　　我们说起金鱼在梅雨季节最难照料。以此起头，我渐渐将话题往那个方向引。这次老人没问"又想听了？"，而是兀自痛快地说了起来。

　　"那是什么时候的事来着……"老人闭上眼

睛思索，"对了，对了，是太郎稻荷[1]突然流行起来那年，所以是庆应三年（1867）八月，当时秋老虎还厉害得很。你听过吗？浅草田圃的太郎稻荷神……这稻荷神供奉在立花家别庄之内，曾有一阵子十分荒废。那年不知什么缘故突然又兴旺起来，附近支起众多茶摊和食肆，香客每天络绎不绝，热闹得很。结果大约一年后忽然又沉寂了。原来神明也有兴衰更替，着实不可思议。哎，不过这无关紧要。接下来我要说的事件，发生在庆应三年八月初，下谷广德寺前笔铺的女儿突然死了。你知道，广德寺门前的那条大街从下谷延伸至浅草。这一带自古以来寺庙林立，自然也聚集了众多僧衣铺、念珠铺，中间还掺杂了两三家笔铺，其中以东山堂生意做得最大。但它生意好也是有原因的，哈哈哈——"

---

[1] 太郎稻荷：曾存在于柳川藩（亦称柳河藩，今福冈县柳川市），藩主立花家别庄内的稻荷神社，供奉的太郎稻荷为柳河藩藩主立花宗茂的守护神，是为立花家族神。如今位于东京都台东区入谷二丁目一条窄巷中。

"什么原因？"

"那铺里有一对姐妹花。姐姐当时芳龄十八，名叫阿万；妹妹年十六，叫阿年。姐妹俩都是肤色白皙的俊俏姑娘……哎呀，有这样的活招牌坐在铺里，生意自然红火。其实，这里头还有一个秘诀，那就是……无论是谁进店买了笔，姐妹俩都会舔笔头，用舌尖将毫毛舔顺了，再套上笔盖递给客人。若买白毫笔，笔尖便会留下淡淡的口脂痕迹，惹得一群年轻人争着去买。此事传开后，从附近寺里的和尚到本乡、下谷、浅草一带的武士，全都特意跑到东山堂来买俏姑娘舔过的笔。之后也不知是谁先起的头，这笔被冠上'舐笔'之名，成了广德寺前的名产。有一天，这对姐妹花中的姐姐突然死了，邻里一片哗然。"

东山堂已公布长女阿万骤亡一事，坊间却又传闻她是死于非命。住在这一带的线人源次听闻此事，多方打听之下，发现阿万确实是横死。七月二十五日傍晚，她忽然说身子不适。最初众人并未当一回事，买了成药给她服下，结果到了夜里五刻（晚上八时），阿万逐渐痛苦不堪，最后甚至吐了血。家中人吓了一跳，立刻叫来了大夫，可惜为时已晚。阿万痛苦地抓着衾被和垫褥，最终气绝身亡。大夫诊断应该是中毒而死。

虽不知东山堂是如何跟大夫说的，总之他们宣称阿万是食物中毒，打算翌日便举行葬礼。半七听完源次的报告，也歪起头觉得有些奇怪。为以防万一，他将事件原委禀明八丁堀同心后，以案件存疑为由暂时阻止了东山堂举行葬仪。町奉行所派出当值的与力和同心来到东山堂，按例检视阿万尸体之后，发现阿万并非死于一般的食物中毒，而是喝了毒药。只是这毒是阿万自愿喝下还是被人蓄意喂下，案件是自杀还是他杀，尚不能妄做判断。验尸完毕后，东山堂获准继续安葬阿万。葬礼顺利进行，之后的案件调查变得异常困难。

就算阿万是自尽，其缘由也必须追查清楚。若她是遭他人毒害，凶犯自然是重罪。町奉行所认为，无论哪种情况，此事都非同小可，于是命令最先报告此事的半七进行追查。半七立刻带着源次去了附近的小食铺。

"喂，源次，这案子虽有趣，可那姑娘是昨晚死的，咱们介入时他们已把一切收拾妥当，现场什么线索都没有。怎么办？你可有头绪？"

"这——"源次思忖片刻后说，"大家的想法约莫都一样，觉得舐笔姑娘死于非命大抵和情色艳闻有关。"

"那你觉得她是自愿服毒，还是被人下毒？"

"虽不知您怎么想，但我认为舐笔姑娘不是自杀，毕竟那日她直至傍晚都坐在铺里嬉笑打趣。再者，我跟附近邻居打听过，没听见什么能让她轻生的传闻。"

"是吗？"半七点头，"那你认为，给姑娘下毒的是自己人还是外人？"

"这……这我着实不知，应该是自己人吧。我怀疑是妹妹下的手……虽没有证据，但姐妹俩兴许正在争抢同一个男人……又或者姐姐可以招赘继承家产，妹妹不甘心……您觉得呢？"

半七认为并非毫无可能。东山堂共有六口人，除了家主吉兵卫、夫人阿松、姐妹俩之外，还有两个小伙计。小伙计丰藏今年十六，另一个佐吉则是十四。家主夫妇不可能毒害自家女儿。两个小伙计应该也不会有这种想法。若真怀疑是自家人下手，嫌疑最重的自然就是妹妹阿年。然而，一个年仅十六的小姑娘是从哪里弄的毒药？要顺着这条线查着实寸步难行。

"照我的想法，应该不是妹妹干的。会不会是其他人设了什么圈套？"

"是吗？"源次似乎不以为然，"若是那样，东山堂为何不公开阿万死因，而非要将此事瞒下，私下处理？这难道不奇怪吗？照我推测，老板夫妇应该也隐隐察觉是幺女干的，怕此事一公开，幺女也会被抓走。如此店里不光一下少了两个活招牌，还出了个游街示众的重犯，他们就没法再在这里做生意了。如此一想，人死不能复生，他们干脆认命，转而悄悄运作，避免家中出现重犯吧。

我是这么想的。"

"你说得也有道理。既然如此，你先将妹妹仔细调查一番吧。我再从其他方面着手试试。"

"遵命。"

两人约好之后便分开了。翌日清晨，半七吃完早饭，正打算再去下谷走一趟，恰逢源次擦着汗跑了过来。

"头儿，我给您道歉。我整个看走了眼，那舔笔姑娘是自己服毒的。"

"你怎么知道？"

"是这样的，东山堂五六家铺子之外的僧衣铺对面是一家寺院，叫德法寺。有个年轻和尚叫善周，是寺里的勤杂僧。姑娘死后第二日早晨，那和尚突然也死了……而且也是吐血而亡。大伙儿也是今早才知道他服了毒。那善周是个小白脸，据说平素就与笔铺的两姐妹交好，每天都会上东山堂坐坐。我想，他定是不知何时与姐姐有了关系，两人约好一起服毒自杀了。因为善周毕竟是个和尚，两人终究是无法成亲的。"

"如此一来，就是殉情。"

"应该是这个理，只不过这对男女换了个舞台，分别服毒，同时去见阿弥陀佛了。这么看来，咱们也不必插手了。"源次有些失望地说。

年轻和尚与笔铺之女感情再如何好，只要男子身上还穿着僧衣，两人便无法光明正大地结为夫妻。是男子先提议也好，女子先建议也罢，总之两人约好殉情，各自在不同场所服了毒。这的确有可能。两人不死在一起，大约是顾及男子的身份。若以僧侣身份与女子一同殉情，事情一传开，不仅自己身后受辱，还会连累师父，有损寺院的名声。许是因了破戒僧的这些担忧，两人才会改变殉情地点。综上所述，二人既已如愿身亡，应该就没有追查的必要了，难怪源次郎如此灰心。

"那和尚没留下遗书？"半七问。

"没听说。兴许是怕之后惹麻烦，什么都没写。"

"或许吧。妹妹那边有没有什么变化？"

"妹妹似乎上月有人提亲。浅草马道那边有

家当铺，叫上州屋。那家的儿子对妹妹甚为痴迷，频频派人来议亲，说愿意出三百两聘金。东山堂既想要三百两，又不愿失去活招牌。老板夫妇左右为难之际，本要招赘的姐姐竟出了这等事，如今自然不能将妹妹嫁出去，也不知之后会如何。"

"妹妹私下有没有情郎？"半七又问。

"这我也不知，还没查得那么深……"源次挠头道。

"虽有些麻烦，但还是辛苦你再去查一趟。"

二

送走源次后，半七换了身单衣走出家门，前往下谷，途中顺道去了位于神田明神下的妹妹家。

"咦，阿兄？这天气还是那么热。"阿斋笑容满面地迎接了兄长。

"阿母她……"

"和邻居一同去拜太郎稻荷了……"

"哦，太郎稻荷，这阵子流行得紧啊。前些日子我也去了，当真吓了一跳，热闹得跟在开龛展示本尊佛像似的。"

"上回我也去了，也吃了一惊。神明若受追捧，也是忙得不得了呢。"

"对了，加贺藩[1] 府邸救火队的人给了我这东西，你拿给阿母吧。"

半七打开布包，拿出一盒落雁[2]。

"啊，是墨形落雁[3]。这是加贺藩的名产吧？以前也有人送过我们。阿母牙齿好，这么硬的东西她也照样咬得动。"阿斋笑道。

她一边泡茶，一边问兄长：

"阿兄，你最近忙吗？"

"没什么难办的案子，眼下广德寺前出了点事，待会儿想过去看看。"

"广德寺前……那个舐笔姑娘吧？"

---

[1] 加贺藩：江户时代领有加贺国、能登国、越中国三国大半领土的藩，相当于现石川县、富山县全域，是江户第一大藩，被誉为"加贺百万石"。藩主前田氏，藩祖是日本战国时代著名武将前田利家。

[2] 落雁：用米、麦、大豆等作物磨粉蒸熟后，混入砂糖或糖浆后，放入模具压实制成的日式糕点。

[3] 墨形落雁：加贺藩的森八根据加贺藩第三代藩主前田利常的创意制成的墨形落雁，糕点上刻有"长生殿"三字，故而又称"长生殿"，是落雁的最高品级，与"越乃雪""山川"并称日本三大名点。

"你也认识？"

"三味线堀[1]边上有个叫文字春的三味线师傅，东山堂的姐妹俩之前都上那儿练习呢。不知妹妹现在还去不去。听说她姐姐骤死时，我也吓了一跳。听说她是服毒而死，是真的吗？"

"是真的，但到底是自己服的，还是被人下药，这一点我还没查清。你若认识那个叫文字春的师傅，能否去帮我打听一下东山堂妹妹的情况？她是怎样的人，有没有情郎，东山堂老板夫妇又是怎样的人，这些情况能打听多少就打听多少。"

"明白。过了午我就去。"

"你可是我半七的阿妹，准不会出错。那就看你的了。"

"呵呵呵——我又不是干你那行的。"

"是当阿兄的求你。事情若顺利，我请你吃

---

[1] 三味线堀：江户时代存在于浅草藏前一带的水池，已填埋，原址在现东京都台东区小岛一丁目、二丁目一带。

鳗鱼。"

托付完事情，半七离开妹妹家。街上家家户户都已将遮篷放了下来，残暑的朝阳将荞麦面铺前晒着的蒸笼照得亮晃晃的。

半七去德法寺见了住持。住持是位七十来岁、颇有风骨的老僧，清晰明了地逐一回答了半七的提问。徒弟善周是船桥[1]乡间农家的次子，九岁那年秋天来德法寺，至今已有十二年。他虽然年轻，但修行努力，品行也好。住持甚为期待他未来的成就，眼下完全不知他为何会遭遇如此不测。当然，善周并未留下遗书，也无任何毒药的痕迹，因此想调查也无处入手。老僧皱着白眉，如此对半七说。

至于徒弟与笔铺之女的关系，老僧则一口否认。

"原来如此。大家都是街坊，他自然会去笔

---

[1] 船桥：江户时期成田街道的宿场町之一，今千叶县船桥市。

铺，与那两位姑娘打趣的事约莫也是有的。但他绝不会与姑娘胡闹，这一点贫僧敢在我寺本尊阿弥陀如来面前发誓。无论谁说什么，他都绝不可能……"

老僧斩钉截铁的态度让半七有些迟疑。住持的脸色与口吻中全然没有半分隐瞒，这一点半七凭借多年的经验立刻就能知晓。与此同时，半七必须做好心中推论被全盘推翻的心理准备。于是，他开始着手第二阶段的探索。

"师父，您可否让我去善周的僧房看看？"

"当然，这边请。"

住持一口答应，立刻引半七去了善周的僧房。那是一间六叠房，一位二十二三岁的年轻僧人与一位十五六岁的勤杂僧正在读经。见半七进来，两位僧人一齐看了过来。

"打扰二位了。"半七致意道。两位僧人默然点头回礼。

"请问，善周师父的桌子是哪张？"

"这张。"年轻僧人指着房间角落的一张小经卷桌说。经卷桌上摞放着两三本折页经书，旁边有一个小小的砚台盒。

"容我查看一下。"

半七打过招呼，翻开砚台盒的盖子，只见里面有一块已磨掉大半的墨，还有两支毛笔。两支都是墨笔[1]，其中一支是新的，白色笔头只有笔尖渗了些浅浅的墨迹。半七拿起新笔，仔细打量。

"这支笔是最近新买的吧，几位知道吗？"

年轻僧人说那是善周死的前一天傍晚买回来的，又说善周一直都在东山堂买笔，这支应该也出自那里。半七凑近笔头，轻轻嗅了嗅。

"这笔可否暂时由我保管？"

"可以，那就请您先收着吧。"住持说。

半七用手纸包好毛笔，走出了房间。

"善周师父的丧事已办完了？"临走之际，半七问住持。

---

[1] 墨笔：笔头中不设芯，将整个笔头浸入墨中，笔头吸墨至根部的毛笔。

"昨日过午验完尸后，因眼下暑气重，当晚便埋在了寺内。"

"原来如此。哎，此番叨扰您啦。"

离开寺院后，半七紧接着去了东山堂。东山堂长女的葬礼本在昨晚，但因为仵作突然来验尸，错过了吉时，只好推迟到今早出殡至桥场[1]的菩提寺，因此铺里今日歇业，大门也只开了一半。半七凑近门缝往里一看，只见里头有个小伙计正坐着发呆。

"喂、喂，小伙计。"

半七在店外出声喊道。小伙计起身来了门口。

"大伙儿去送葬还没回来？"

"还没有。"

"小伙计，能否跟我出去说几句？"

小伙计莫名其妙地跟着走出来后，似是想起了半七的身份，立刻摆正姿态端正地站好。

---

[1] 桥场：旧江户浅草桥场町，位于浅草寺东北方向的隅田川岸边，今为东京都台东区桥场。

"昨晚惊动你们了，抱歉。"半七说，"我有事想问问你，前天或是大前天可曾有人来你们店里换笔？就是这支墨笔。"

他从怀里掏出用纸包着的毛笔给小伙计看，后者立刻点了点头。

"有的有的。前天午后，有个年轻姑娘来换笔。"

"知道她是谁吗？"

"不知。她先买了笔回去，大约一个时辰后又返回，说这笔的笔头不好，要换一支。我们就给她换了。"

"还有其他人来换笔吗？"

"没有了。"

"那姑娘大约多大年纪，什么打扮？"

"十七八岁吧，梳岛田髻，系红腰带，穿白浴衣。"

"长相呢？"

"皮肤很白，挺可爱的，应该是谁家的女儿或是小丫鬟吧。"

"那姑娘以前来买过笔吗？"

"不知，以前好像没见过她。"

"多谢。"

告别小伙计后，半七往浅草方向走去，途中碰见了源次。

"头儿，据说两个舔笔姑娘都是正经人，以前从没传出过艳闻。"源次凑近半七悄声道。

"是吗？你来得正好。你跑一趟浅草，叫上庄太，一起将上州屋佣工的底细都查清楚。不论男女都要查。明白了吗？"

"明白了。"

"那这事就交给你，我先回家了。能搞定吧？"

"能。"

之后半七又造访了几户人家，办完事便回了神田家中。去澡堂冲了一身汗后，正打算回家吃晚饭时，恰逢阿斋来了。

"我去打听过了。"

"辛苦了。怎么样？"

"我去找文字春打听了一番，那舐笔姐妹身上一点坏名声也没有，亲戚里好像也没有坏的。"

这与源次的报告一致。如今看来，那两名死者绝对不可能是殉情。

三

"阿兄，我听文字春说了很多，发现有件事似乎有些古怪。"

"什么事？"

"妹妹阿年如今依旧每天去文字春那学三味线，不过自上个月起，阿年练习时，窗外有个小姑娘经常抻着脖子朝里张望，眼下已有五六次了。"

"是不是个十七八岁、皮肤很白的可爱小姑娘？"半七打岔道。

"你怎么知道？"阿斋瞪大了乌黑的双眼，"听说那姑娘每次都趁阿年弹三味线时在外面偷看，你不觉得奇怪吗？"

"知道那姑娘是谁吗？"

"这倒不知。听说其他人弹的时候，她都不

会偷看。兴许有什么内情吧。"

"嗯。一定有内情。现在我大致也想明白了。"半七微笑道。

"还有一件事。马道上州屋的老太爷就住在文字春家附近。上州屋不是看阿年长得好，上东山堂议亲去了吗？这亲事就是上月开始议的。你看，有人站在文字春家窗外偷窥阿年也是从上月开始的。我想，那偷窥的姑娘定是到上州屋老太爷的住处去时，偷偷瞧上阿年一眼。文字春也这么想。不过此事能有多种不同的说法，看人怎么想了。"

"那你是什么说法？"半七笑着问。

阿斋说，她认为那姑娘定是上州屋的婢女，时常去三味线堀附近的老太爷住处跑腿。阿斋又说，这或许是自己胡乱猜疑，但那姑娘兴许与上州屋的少爷有染，这次两家议亲，她才眼红地偷瞧阿年。

"你还真有两下子。"半七又笑了，"怎么样？不如别教常磐津节了，改做捕吏吧？"

"呵呵，你这话说的。我要是放下拨子拿起捕棍，岂不太煞风景了？"

"哈哈哈，那还真是对不住。接下来还想聊些什么？"

"不要，我才不跟你说呢。嘻嘻，我找阿嫂去了。"

阿斋笑着往半七媳妇那边去。虽然半开玩笑地将话题带了过去，但半七认为，妹妹的推断已然接近真相。他之所以吩咐源次去彻查上州屋佣工的底细，也是出于和妹妹同样的想法。而且偷窥文字春家窗户的那个姑娘和去东山堂换笔的姑娘年龄、长相一致，这让半七更加确信自己的判断没错。疑犯显然已被半七锁定，作恶者宛如鱼塘里的鱼虾，无论如何也逃不出他的手心。怀着这样胜券在握的心情，半七颇闲适地度过了一晚。

第二天一早，源次来了。根据他的报告，上州屋的佣工，男子包括掌柜和学徒在内共计十一人，女子则有婢女、厨房女佣等四人。调查这十五人的底细虽然十分费劲，但源次在马道庄太

285

的帮助下，已经将该查的都查了一遍。男子先放一边，半七先问了女子的调查结果。源次说，女子有婢女阿清，三十八岁；阿丸，十七岁；厨房女佣阿轻、二十二岁；阿铁，二十岁。

"那个阿丸是怎样的？"

"她是芝口[1]一家木屐铺的女儿，听说兄长继承家业，弟弟在两国桥的生药铺干活。"源次说明道。

"好，明白了。这下必须立即去将这女的抓来了。"

"啊？那个阿丸有嫌疑？"

"嗯，这事一定是阿丸干的。况且她弟弟在药铺干活，更错不了。你仔细想想，舐笔姑娘骤死那日，那阿丸疑似来买笔，过了一个时辰又回去换笔。这就是她耍的把戏。她回去换笔时，一定在笔头上涂了毒。她换了支其他笔离开，有毒

---

[1] 芝口：江户时期町名，现为东京都港区新桥一丁目、东新桥一丁目。

的那支就留下了。当然，她一定是知道舐笔的风闻才设计这个圈套的。阿万不知笔里有毒，卖笔时与往常一样舔了笔头。买笔的就是德法寺那个叫善周的和尚，他回去也舔了笔头。这毒发作得快，姑娘当晚就死了。和尚则到了第二天早晨才死。这不是殉情或什么，只是同一支笔流转之间要了两个人的命。阿万姑娘可怜自不必说，那和尚可真是飞来横祸，莫名其妙就一命呜呼了，也不知该说他可怜还是什么。"

"原来如此，竟是这么回事。"源次也叹了口气，"可是，那个阿丸为何要设下这么歹毒的圈套？"

"这还不确定，但照我推断，阿丸大约和上州屋的少爷有苟且。换句话说，她是出于嫉妒想要杀了笔铺之女。要嫁去上州屋的是妹妹，被杀的却是姐姐，这稍有些不合理。兴许阿丸并未深思，心中一个劲想着只要在她们卖的笔上涂毒，妹妹就能舔到。年轻姑娘其实很少深思熟虑，加之阿丸已被嫉妒蒙了眼，大概以为用这招一定能报仇吧，最后干出这么件不得了的事。一下杀两人，她知道下场如何吗？想想就可怜。"

半七叹息道。

"照这么看，她那个在生药铺干活的弟弟也得查查。"源次说。

"自然。我这就去。"

半七换了身衣裳，立刻去了两国。那生药铺开在两国广小路附近，铺面也相当大。铺里有三个伙计，账房里坐着一个二十二三岁的年轻男子。

"请问，贵铺可有一个叫宗吉的伙计？"半七问。

"有的。他眼下去了仓房，还请您稍等片刻。"掌柜打扮的男子回答。

半七坐在店头等了一会儿，就见里头出来一个十四五岁，还未剃掉刘海儿的可爱男孩。

"喂，你是宗吉？跟我去一趟警备所。"

"是。"宗吉老实地跟了出来。半七见他神色镇定，略有些意外。

他将男孩带去警备所审问了一番，他的供述

却让半七大失所望。宗吉说，自己的姐姐在马道的上州屋侍奉，但她一点也不疼爱自己，因此自己至今从未听从过姐姐的吩咐。姐姐爱打扮，又蛮横，父母和兄长都很讨厌她。宗吉不停地控诉姐姐，说她虽会来铺里为上州屋买药，但几乎从不和自己说话。宗吉的供述非常诚实，而且非常孩子气，不论半七怎么吓唬哄骗，他都一口咬定自己不知情。

"你若撒谎可是要杀头的！"

"我没撒谎！"

宗吉坚称自己不知情。半七见他不似说谎，只好死心地放他回去。接着，半七去马道上州屋寻人，得知阿丸刚被派出去跑腿。

于是，半七唤出上州屋的帮佣，不动声色地打探了一番，发现阿丸在这里的风评也不好。别看她年纪轻，又长着一张无辜到好似连虫子都不敢杀的可爱脸庞，其实野蛮无礼，品行也不端正。就说眼下，她和上州屋少爷的关系就不太对劲。不仅如此，听说她还另有两三个情郎。如此不检点的一个佣工却没被主家赶走，原因就是她巧妙地拿捏了少爷的心。总之，她的名声简直惨不忍睹。帮佣的说法中虽夹杂了女人的嫉妒心，但与弟弟宗吉的说法大体一致。从这一点看，这个阿丸是个表里不一的女人，长得虽好看，实则极不规矩。

半七还从帮佣口中打听出了另一件事。上州屋老板娘是通过两国的生药铺做媒才嫁过来的。因了这层关系，两家多年以来一直交往密切，情如亲族。位于马道的上州屋会舍近求远，特意跑到两国去买药也是因为这个。生药铺老板有个叫与之助的儿子，今年二十二岁，时常来上州屋玩。与之助似乎曾带阿丸去向两国逛杂戏棚。

如此，毒药的出处大抵弄清了。半七又返回两国，见宗吉正在铺前洒水，而那个貌似生药铺老板儿子的男子已不在账房了。

"喂，你家少爷去哪儿了？"半七问宗吉。

"我从警备所回来时，他就已经不在了。"宗吉说。

半七又问铺上的其他掌柜，结果一无所获。

药铺少爷这阵子经常悄无声息地就出门了。今天宗吉被带去警备所后不久，他就出去了，不一会儿又返回铺中，心神不宁地收拾一番后又出了门。没人知道他去哪儿了。

半七暗自咂摸，想必是自己提审小伙计时惊动了与之助，让他躲起来了。半七赶忙前往马道，叫来住在这一带的小卒庄太，吩咐他好生盯着上州屋阿丸的动作，才离开。

"头儿，不行，听说那个阿丸昨天出门了，直到今早都没回来。两国药铺的儿子也是一去不返。"

这是翌日早晨庄太传来的报告。看来这对男女已经察觉出形势不妙，早早地逃了。事到如今已不能不管，半七立刻前往两国亮出身份，开始公开查案。他将与之助的父母和铺上掌柜传唤到警备所，一一严厉审问之后，得知与之助拿了家里五十两金子，又得知药铺在信州有亲戚，两人很可能前往投靠。

"他带着个脚力弱的女人，应该能中途追上。"

第二天，半七带着庄太离开江户。

四

八月初的凉夜。

上州的秋风来得比江户早，山坳中的妙义町 [1] 已降下潮湿的夜露。妓院关户屋中一个昏暗的四叠半房间里，一个看似来自江户的年轻旅人在座灯前露出洁白的手臂，在中年妓女阿根的帮助下清洗着手上的血迹。

旅人是被此地常见的草蛭叮了。初来乍到的旅人经常突遭草蛭袭击，伤口很难止血。妙义的妓女自有一套处理这种伤口的法子，她们知道要用口中含过的水洗血，故而这名妓女今夜便帮着年轻的客人清理伤口。

"你的手真白，简直像女人的手。"阿根用薄

---

[1] 妙义町：今群马县富冈市妙义町。

纸擦着男人的手腕说。

"一来就暴露了我是个懒人。"男人笑道，"今夜好像忽然变冷了。"

"您也看到了，这儿毕竟是山里，而且今夜雾浓，明天可能会下雨。"

"冒雨翻山越岭可不好受。还请你帮我求妙义山神赏个好天气吧。"

"才不要。"阿根笑道，"明儿最好下个倾盆大雨，让你不能翻山。一旦被妙义山里的女人盯上，可比草蛭更可怕，你就老老实实待在这儿吧，嗯，就待在这儿吧。"

"不行，不能多待，我急着赶路。"

"若急着赶路，就该从坂本[1] 走碓冰峠[2]，可你特意绕道妙义山，想必多待一两天也没什么。"

---

[1] 坂本：坂本宿场，中山道六十九宿场中的第十个宿场，今群马县安中市松井田町坂本。

[2] 碓冰峠：位于现群马县安中市松井田町与长野县北佐久郡轻井泽町交界处的一段山道，江户时期为中山道的一部分，位于坂本宿和轻井泽町之间，被视为连接关东、信浓国和北陆的重要场所。峠，音qiǎ，日语中意为山道。

阿根又别有深意地笑道。

山风穿堂而过，座灯的烛火随之轻轻摇曳，男子脸色苍白，沉默地别开目光，有一口没一口地啜着酒杯里凉透了的酒。

"在想什么呢？"阿根膝行过去，"我疼惜你，所以悄悄告诉你一件事吧。刚才你掀了门帘进来，不久又来了两个人，你可知道？"

男子的脸色越发苍白。

"那两人似乎对你不怀好意，你可当心着点。"

"多谢告知。"男子悄声拜谢一声，"这里我不能再待了，趁夜色未深，我悄悄出发吧。"

"明白了。待会我去其他房间伺候，你就偷偷从窗户出去……趁现在赶紧收拾一下行李吧。"

正躲在走廊偷听的庄太听见两人的对话，立刻返回自己房间悄声对半七说：

"那妓女好像在帮他，说不定会让他逃掉。"

"那我去外面埋伏，你找准时机闯进去。"

两人商量好对策后，半七悄悄来到屋外。近在眼前的妙义山在星光下黑黢黢地矗立着。山风不时掠过杉树梢，呼啸声几乎能惊醒沉睡的鸟儿。半七躲在大杉树后，紧盯着关户屋二楼。不久，黑暗中隐约传来有人撞破竹窗的声响，黑色的人影出现在二楼侧面。黑影爬过木板屋顶，一棵高大的百日红掩映在屋檐旁，黑影伸出双手探向百日红的枝叶，灵敏地攀上了树冠，接着顺着树干滑了下来。

"与之助，你被捕了！"半七奔过去打算捉住人影，谁知他反身一溜烟儿跑下了坡道。半七紧追不舍。

与之助在杉树林间的坡道上连滚带爬地往前跑，途中掉转方向，似是打算跑上另一个上坡。半七忽然想到，那坡上有黑门[1]，而妙义神社的品级仅次于上野轮王寺[2]。不论什么罪犯，只要入了它的黑门便如隐入法衣袖口，外人不能擅动。意

---

[1] 黑门：妙义神社有三座大门，南面为赤门，北面为黑门，东面为白门，均为两根立柱横插一根横木的冠木门。

[2] 上野轮王寺：宽永寺。其山主（住持）被尊称为轮王寺宫，故而轮王寺实际只是山主的个人称号，而非寺院名称。

识到这一点，半七有些慌张。自己好不容易沿着中山道追到这里，若一步之差让他跑进黑门，那就前功尽弃了。于是，半七拼命追赶与之助。

逃亡者自然也是铆足了劲。与之助上气不接下气地沿着黑暗的坡道向上狂奔。上坡很急，逃犯与追兵都大汗淋漓。两人相距仅一间[1]有余，半七的手却怎么也抓不到与之助的后领。此时长长的坡道已过半，星辉之下已隐约可见山坡上有如敞开的法衣袖口的黑门，门内的石灯笼正闪着微光。

半七焦急万分。对与之助来说，能否平安跑上斜坡亦是一生命运的分岔口。眼看着离黑门愈来愈近，与之助也越发急迫。半七也万分焦心。然而与之助运气不好，在离黑门还有二间左右时被石子绊倒在地。

"当时真是费了好大的劲。"半七老人说，"不

---

[1] 约两米。

要命似的爬了那么长的上坡，第二天早上腿软得几乎走不动路。后来审问与之助，审出了前因后果。阿丸果然如前面说的那样，是个表里不一、品行不端的女人，相当于现在的不良少女。除了上州屋少爷以外，她还胡乱勾搭了众多男人，与两国生药铺老板的儿子也有苟且。后来，上州屋的儿子对东山堂的女儿一见倾心，愿意出三百两聘金迎娶。阿丸不管自己如何荒唐，反而怨恨起他们来，最后设下毒杀东山堂女儿的可怕圈套。毒药是她诓骗生药铺老板之子得来的。阿丸巧妙地让东山堂女儿舔了毒笔，结果错杀了姐姐。就算她下了毒，也无法确定舔毒的会是姐姐还是妹妹呀！阿丸真是太鲁莽了。出乎意料的是，许多作恶之人都是如此。这个阿丸也不怎么聪明。"

"阿丸最后下场如何？"我问。

"阿丸借口外出跑腿，出了主家后便去找与之助。那时正好她弟弟被我拉去了警备所，与之助莫名有些恐慌，便也溜出了铺子，正在外头闲逛，恰逢阿丸来了。阿丸听了与之助的话后心里开始不安，便怂恿与之助跟她一起私奔，两人便往中山道逃了。阿丸这女的着实是个坏坯，竟在熊谷[1]的旅店里偷了男子的钱兜带，溜得无影无踪。被抛弃的男子孤零零地往信州逃，在妙义町被我们追上，只差一步就能逃进黑门，也该他运势不济，被我抓住了。他不知是自认无路可逃，还是摔倒时不慎咬伤，总之被我抓到后衣领时，他已咬断了舌头，口吐鲜血。我将他拖回原来的妓馆救助了一番，但他还是咽气了。事到如今，死人不会开口，阿丸究竟如何诓骗与之助并成功获得毒药一事也就无从得知了。"

"阿丸一直没找到？"我又问。

"那之后，阿丸不知去了哪里游荡，最终一丝不挂地死在了上州赤城山[2]中，衣服、腰带、贴身裙都没穿……大约是被人扒了全身衣裳后勒

---

　　[1] 熊谷：熊谷宿场，中山道自江户起第八个宿场町，今埼玉县熊谷市。

　　[2] 赤城山：大约位于群马县正中央的位置，与榛名山、妙义山并称"上毛三山"，亦为日本百名山、日本百景之一。

死了。由于尸体两臂刻着上州屋儿子的名字，这才知道她是阿丸。上州屋因此也与命案扯上了关系，听说花了不少钱。如此一来，他们与舐笔姑娘的亲事自然也告吹了。东山堂的招牌也有了污点，生意越做越差。有人到处宣扬说舐了东山堂的笔会没命，这哪还得了？听说妹妹后来嫁给洋人当了小妾，也不知是真是假。这铺子啊，成也舐笔，败也舐笔，或许也是冥冥之中天注定。"

老人的预言果然说中，我归家途中，天下起了雨。